■ 千百年来，是人类的足迹和创造赋予大山以灵魂。

■ 在中国的近代史上，庐山所披挂的政治色彩正如庐山忽晴忽雨、云牵雾绕的天气一样变幻莫测。尤其在上世纪二三十年代，庐山实为国民政府的夏都，随之演绎了许多重大的历史悲喜剧，使其在中国近代史上有着举足轻重的地位。

■ 本书以探索的笔触徜徉于庐山的青山绿水之间，撩开笼罩在那个讳莫如深、错综复杂、浮华璀璨年代的神秘面纱，围绕夏都时期的人物和故事，一章章、一节节把读者带进既是怀旧的又是全新的发现之旅。

第三届冰心散文奖获奖作品

夏都绘影

THE PORTRAYAL OF LUSHAN MOUNTAIN

庐山的浮华往事

姚雪雪◎著

百花洲文艺出版社

BAIHUAZHOU LITERATURE AND ART PRESS

The Portrayal of Lushan Mountain

Lushan Mountain, located in Jiangxi Province of middle China, is famous for her nimbus, as well as the political environment given by those big political events happened there in China's Modern History. This book will show you chapter by chapter the figures and stories related with Lushan Mountain in those times. It won the 3rd Bingxin Prose Prize in 2008.

内容简介

千百年来,是人类的足迹和创造赋予了大山以灵魂。在中国的近代史上,庐山所披挂的政治色彩正如庐山忽晴忽雨、云牵雾绕的天气一样变幻莫测。尤其在上世纪二三十年代,庐山实为国民政府的夏都,随之演绎了许多重大的历史悲喜剧,使其在中国近代史上有着举足轻重的地位。本书以探索的笔触徜徉于庐山的青山绿水之间,撩开笼罩在那个讳莫如深、错综复杂、浮华璀璨年代的神秘面纱,把档案中所没有记载和留存的鲜活气息一一摄取下来。一百六十余幅珍贵的历史照片以图文并茂的形式,围绕夏都时期的人物和故事,一章章、一节节把读者带进既是怀旧的又是全新的发现之旅。

此书获"第三届冰心散文奖"。

庐山——

多少人梦求在此一展雄才

目录 Contents

目录 Contents

▼在庐山大舞台，幕拉开，历史走出。

幕拉开——历史走出

在中国近代史上，庐山所披挂的政治色彩正如庐山忽晴忽雨、云牵雾绕的天气一样变幻莫测。千百年来，是人类的足迹和创造赋予大山以灵魂。特别是近百年来，庐山发生的许多重大历史悲喜剧，使庐山在中国近代史上有着举足轻重的地位。庐山，多少人梦求在此一展雄才。

在庐山大舞台，幕拉开，历史走出。

2000年9月1日，世界文化景观——庐山举行国际文化旅游节。《近代名人与庐山》展览是旅游节重要活动之一。在开展的头天，我们到了庐山宾馆旁的展馆，展馆是一间不大的平房，位置正好与"美庐"别墅隔河相望，里面在做开展前的紧张布置。研究历史的王炳如老先生正在里面张罗，他负责这次展出的文字说明工作。他把我们引到一张张照片前做仔细介绍。这段历

史介绍至 1949 年止。1949 年以后庐山发生的重大历史事件不在此次展览之列。有的历史是有结论的,有的历史还有待后人作出定论。

展览从十九世纪末庐山沦为租界,外国人登上庐山拍摄的第一张庐山自然风貌照片开始,一章章、一节节把观众带进细节、叹息和驻足凝神。1840年至 1949 年,约一百六十位中外历史名人在庐山留下照片、墨迹、函件、手札三百余幅。中国南京第二历史档案馆为展览提供了丰富翔实的史料,有些是首次披露,是极具历史价值的珍品。

照片上集中反映的事件有:蒋介石在庐山军官训练团视察;宋庆龄为捍卫孙中山三民主义与蒋介石作斗争;周恩来代表中共与蒋介石谈判;蒋介石

▼千百年来,是人类的足迹和创造赋予大山以灵魂。在长达半个多世纪的时间里,庐山发生的一系列历史变迁像庐山的景色一样,具有很强的艺术性和观赏性。

在庐山发表抗战演说；蒋介石会见马歇尔、司徒雷登。在这些改变历史进程的事件中可以看到，1926年至1948年，蒋介石曾有十三个年度在庐山常住。蒋介石决心把庐山变为国民党党政骨干、情报人员、财政管理等高级人员的培训中心，1934年至1936年间，在夹租界南面火莲院旧址上兴建庐山图书馆、庐山大礼堂就是有力的佐证。庐山是蒋介石兴衰的一部浓缩史。

其他照片还有：李四光考察庐山第四纪冰川；徐悲鸿泼墨庐山神韵；学者陈三立隐居庐山吟诗诵文；和尚太虚在庐山召开世界佛教联合会。这些图片丰富了庐山文化多元化立体化构成。六十余幅民国名人墨宝精粹展览，笔走游龙之间，流露一代风

云人物的荣辱沉浮。

有关档案文件的珍品有：国民党政府内部关于购买《庐山志》的文件；国民党政府行政院关于核拨庐山管理局经费给财政部令；陈布雷拟请呈蒋介石约请各大学校长、各党派代表来牯岭分别谈话的准备要点。这些史料对研究庐山提供了弥足珍贵的依据。

七十米长的展线，铺排出的有些是一直无人注意但实际非常重要的史实和细节，是中国历史、社会变迁的重要见证。走出展厅，留在脑海中像电影一样闪闪回放的可能就是映在庐山的十四位重要人物的巨幅头像剪辑组照，底色为庐山原始风貌全景。这十四位人物是：蒋介石、周恩来、马歇尔、司徒雷登、宋庆龄、宋美龄、张学良、邓颖超、林伯渠、徐悲鸿、博古、杨虎城、陈诚、孔祥熙。一律黑白版的面容凝视前方。

在这次展出一个月后，我陪朋友上庐山，本想再去细看这个展览，到了河西路，远远地看到那个展厅的门紧闭着。

那些片段对我来说真的像电影一闪而过。

▲ 那些片段真的像
电影一闪而过。

▲李德立的别墅叫做"玻璃屋",它的主人后来辗转
成了孔祥熙。一百年前的别墅在阳光下明媚而
温情地闪烁。

故事开头的主角

1

牯岭开辟史说起来有些旧事重提有些复杂难言有些意味深长。庐山能有今天不能不说一个人:李德立。从九江顺长江而下就是镇江,1899 年, 镇江宣教士会议会程委员,邀请李德立出席,并给他出了一个演讲题目:如何取得牯岭?

对这样的邀请李德立欣然应命。面对庐山这个他一手造就的山城,李德立踌躇满志,永远怀有成就感、永远满怀激情和兴奋。为这个命题,他写了洋洋万言的《牯岭开辟记》在开头的段落,他就不免有些得意地申明了:"说话的时候,不免要常常用'我'这个代名词,这原本不含带什么自私的意义,实因这个故事,离不开'我'这个主角。"

▲1910 年由外国教会集资修建的
不准中国人入内的牯岭公共图
书馆（Kuling Public Library）。
它现位于庐山中路 265 号，这
是 1920 年的照片。

成功地强占和开创牯岭，使李德立由名不见经传
的英国基督教美以美会的普通传教士摇身成为在华
有影响的商界巨头、汉语言学者和社会活动家。李德
立的传奇在那之后多得说不清了。

李德立在 1899 年是上海卜内门洋碱公司的首届
主事人。英国卜内门洋碱公司当时是与美国的杜邦公
司、法国的法本公司同时称雄世界的著名化工产品企
业。李德立经营的洋碱成功地攻入和渗透到中国从城
市到乡村的每一个生活角落。因为李德立卜内门的职
务，他三次担任公共租界上海工部局董事。

李德立是不甘于仅以此来成就功名的。他的汉语

说得好，又有极强的交际能力，与中国当局众高官有往来。辛亥革命后，李德立充当了南北议和的政治调解人，在中国近代史上留下了大名。自我感觉颇佳的李德立以个人名义致电北京政府，提议在上海召开南北议和会议。正在想法子怎么使双方坐到一块的袁世凯采纳了李德立的建议。于是在上海戈登路的一幢红色洋房里，袁世凯的代表唐绍仪、孙中山的代表伍廷芳与李德立三人坐到了一起。和谈的结果是孙中山辞去临时大总统职务，推举袁世凯为大总统。1912年11月初，袁世凯通令嘉奖李德立："去岁在沪议和，英人李德立居间调停，颇赞助，著给予三等嘉禾

▼1912年庐山最
　大一幢别墅建
　造后的情景。

▲九十九盘山道升到山巅，极目远望，牯牛岭下长冲河平坦而寂静的风光尽收眼底。

章。"孙中山也曾授予其"和平使者"勋章。

1918年，中国国内仍然南北纷争激烈，李德立又一次出面，急迫地致电致函冯国璋，想要再次促成南北和谈，不过这回他的愿望成了泡影。

对于一个如此精明、好事，有能量、有威望的李德立来说，他开辟的牯岭是一个绝佳的人间仙境。

2

夏暑之日，长江一带的炎威实在是可怕，暑热驱赶着高大肥胖的外国人四处地逃、四处地避瘟疫、四处地去找一处凉快的地方。长江边上的九江比许多地方都酷热，然而大自然在九江周边的平地上兀自立起一座高山，给了人们庐山这个清凉世界的恩赐。

1886年，一位年轻得让人有些想象不到他能有如此野心如此意志和

▲对于一个精明、好事,有能量、有威望的李德立来说,他开辟的牯岭是一个绝佳的人间仙境。

能力的传教士李德立,从汉口来到九江。他只有二十二岁,来到中国仅仅一年。他怀揣着寻求避暑之地的想法登上庐山。九十九盘山道升到山巅,极目远望,牯牛岭下长冲河平坦而寂静的风光尽收眼底。庐山此时还人迹罕至,只有些古庙遗迹隐约可见,孤寥景象,更添上一点隐遁之风。这一眼,李德立瞬间就找准了对庐山的感觉。

说起庐山第一幢由外国人建的别墅是在1870年,是建在庐山北麓海拔百米的莲花洞,由法国传教士所建,在陡峭的峡谷溪流之旁,还建有一座教堂。后来,俄国人在庐山北邻海拔六百多米的九峰寺租了九峰寺正殿背后的房屋并将之改成洋别墅。几幢洋房,暑热时人满为患,供不应求。李德立曾在庐山下狮子庵附近购地未果,后也转向九峰寺。九峰寺这时换了一个新住持僧人叫继慈,这僧人曾在湘军当过杀手,性情鸷烈,不好对付。在价钱上,李德立与他谈不拢,言辞不相投,继慈挥起铁拐就要杖击李德立,李德立这会儿只有夺路而逃的份。

　　失之东隅，收之桑榆。李德立踏遍庐山，自认庐山真面目尽在腹中，他把希望转向满山皆土的山巅。

　　接下来要做的事就是把这片山巅据为己有。李德立致函县道两衙要求购地，知县答复，等他们询问情况后再斟酌。不久公函回复是：那块荒地，现在不卖了。很快，李德立察觉到，知县并没有做什么调查，只是从中阻拦。原因是李德立是个洋人。

　　时机对李德立很凑巧。当时，中国与日本开战，被洋人吓破了胆的清政府下令全国加意保护外国人。那以后，外国人就格外威风格外受优待。李德立转而求助九江英领事馆与浔阳道方面，依靠苏格兰圣经会会长、贵族院院长，运作英政府高层对清政府施加压力。这回他得到了肯定的答复。

　　为了顾及脸面，租方提出，官方不能直接将卖地契约给洋人，必须找一乡绅做中介，由乡绅买地再转卖给李德立。这对李德立来说是区区小事，他摆了两桌酒就把事情搞定了。

1895年,距李德立第一次上庐山九年之后,他拿到了一份租借长冲河一带999年的永久租约。他梦寐以求的长冲河傍的山川河流在连蒙带骗之下如愿落入自己囊中。庐山被强占、被瓜分的屈辱也从此开始。精明过人的李德立把此契约交予英国领事过目,然后在领事馆进行注册。

天生有商人气质的李德立在条约正式签订之前,他将4500亩地划为130号地皮,在上海、汉口等地英文报纸上刊登广告,大肆宣扬,先行出售。看来一百多年前的李德立就很懂得"炒作"的道理。这招果然奏效,一大批各国教会、传教士、外交官、商人趋之若鹜,纷纷上山购地建别墅。

3

牯岭原叫牯牛岭,李德立不喜欢沿用这个名字,他给这地取了一个新款的名字为"牯岭",英译Cooling,取清凉之意,同时不失汉文的音义,算是最恰当的名称。这名字日后叫响了全世界。

为这个名字李德立很自得。上海报馆的一位记者告诉他,从前也有一

▼1949年前的牯岭。

个叫李德立的人，他驾一艘叫牯岭的船只在海战中失败。李德立付之一笑，他认为自己在购置山地牯岭的战争中大获全胜。名称虽同，成败各异。

李德立在庐山开始一展身手。

他着手组织成立庐山英租界最高权力机构"大英执事会"，李德立任主席。1899年又成立了管理机构"牯岭市政议会"。两会成员为大学校长、报社社长，有的还兼为建筑实业的经理和高层管理人员。他们以林赛公园为蓝本，首先对牯岭进行社会与风景资源的调查，按自然式花园城市的设想进行早期规划，李德立请了英国建筑师甘约翰与他共同开发牯岭，还请了一位德国籍工程师李博德。有这些高手的介入，庐山早期的规划一开始就呈现了很高的水准。

他们意识到筑路的刻不容缓，遍历山道，择定路径，打通庐山与外界联系的通道。顺着山势以石径铺成道路网络，开辟通向景点的游览路线。在平坦的河岸上种植草坪、树林，竖起路灯，沿长冲河呈轴线自然展开英国式的自然园林。把公共活动建筑：协和教堂、医学会堂、大英执事会、市政议会厅、牯岭图书馆、英美学校、圣经医院等布置在长冲河岸的疏林溪流之旁。这一切深深打上了当时已发展成熟的美国城市公园理论和英国田园城市思想的烙印。李德立规定别墅占地面积是庭院面积的15%，体量小的别墅隐藏于绿树丛中，一切都避免触目，避免与大自然喧宾夺主。庐山因此始终保持了宁静、舒缓、天然的诗情画意。

一幢幢风格各异、几乎没有雷同的别墅，在潮湿多雾的庐山像蘑菇菌一样长出来。到1917年，庐山已汇集了英、美、法、俄、德、瑞典、挪威、日本、加拿大、意大利、芬兰、丹麦、瑞士、奥地利、葡萄牙、比利时等国的别墅560栋。这些洋溢着强烈个性色彩和铺排着自由意志的西式房屋，带有鲜明的异域情调，它被具有深厚而悠长的中国古典文化内蕴的庐山所包容。庐山成了中国近代最美的花园城市，也成了最耐人寻味的一座高山。

◀树叶在山风吹拂下哗哗的
响声沿着石台阶轻轻往下
滚,恍若风吹动了久已无人
翻阅的书册。

　　李德立霸占庐山后,法国人、俄国人、美国人接踵而至,大肆瓜分庐山。延至 1933 年,牯岭别墅有 848 栋,形成了一个有欧洲、美洲、亚洲等十八个国家的居民同居一山的世界村。中外游人来庐山避暑游览的人数激增。山上邮电、旅馆、饮食、学校、杂货、照相、营造、成衣等行业一应俱全,设施完善,一座云中山城已粗具规模,为后来兴起的夏都时期做了强大的物质准备。

4

　　很多时候在上海遥控的李德立,1917 年登上庐山。一大片姿态万千

的庐山别墅尽入眼帘。面对眼前这个大权在握的世界，李德立心中是一派风起云涌。随着李德立事业一日千里的进步，当地居民从最早李德立上山时要杀死他的愤怒变成了对他的无奈与佩服。对开辟牯岭的李德立似乎不能简单地用一些词来定位他。庐山一百年的别墅还在阳光下明媚而温情地闪烁着，在风景、别墅的规划学上，我们今天还在享用着李德立留给庐山的珍贵遗产；他在规划及建设庐山中所显示出来的魄力、壮志、见识与文化，我们今天也不能小视。

对庐山历史的记载，李德立还有一个有意思的创意。1922年，他上庐山，指导汉口的英国教会编写了《庐山的历史》一书，他把1895年登山勘察时拍到的照片与相隔二十五年后同角度拍的新貌一并附在书中。这是第一本由外国人写的全面介绍庐山的书。还有李德立的那篇《牯岭开辟记》，他说："希望这些史实的记载，于当年幕中人散台之后，能留永久的兴趣和价值于人间。"

1927年，中国大革命的浪潮波及牯岭英租界。这年1月，中国收回汉口、九江的英租界之后，牯岭"大英执事会"交出了警察自治权。5月，武汉国民政府外交部的代表登上庐山降下英国国旗，升起了中国的国旗。1929年，又收回了山上俄国租地芦林。

国民政府夏都时期，是依托着牯岭英租界为巢的，就连蒋介石的官邸也在英租界的中心地带。这是有失国家尊严和体面的。因当时正极力推进着中外情感交融，为大势所趋，英国人经多方考虑主动表示交还租界。

1936年元旦，冰天雪地的季节挡不住人们内心的火热，庐山管理局局长蒋志澄会同英驻汉总领事默斯签字正式收回租界。那一天，数千人狂欢在牯岭街头。入夜，遍山灯火辉亮如昼，庆贺的提灯会到深夜十一点才散去。

▲崛起于北伐之中，
故事的另一位主
角开始上场了。

1929 年，是李德立统治牯岭的第三十三个年头，这年，他还在牯岭召开的市政议会上，提出修改牯岭房地产约法。但是，这次年会之后，李德立就永远离开了庐山。他到新西兰开辟新的旅游胜地去了。我们只能看到一个渐行渐远变得模糊的背影，只有一个背影所能给予的一切相关的想象和推测。

故事的另一位主角开始上场了。

▼宋耀如的三个女儿将随同她们的丈夫改变中国的命运和影响世界历史的进程。

登山第一驿站

汽车一直朝着眼前的群山行进，山似乎总也靠不近，但是等车一停下，层层叠叠的山忽然像雨洗过一样把青翠装满人的眼帘。站在山麓必须仰视高山，人站定时油然会被鼓舞起兴奋的心情。江西省第一条公路——九江至莲花洞公路在这里画上句号，继而续上凿石踏步的登山小径。

九连公路由两江总督张人骏与江西巡抚冯汝骙合商拨库银五万两于 1909 年拓建。此路为便利中外人士登庐山避暑览胜而修，完工后，初通马车，后通人力车，1915 年以后有汽车相通。1953 年盘山公路修通之前，汽车终日在这唯一通往庐山的公路上奔驰。

山脚下，红屋顶的房子后面站着一排排笔直的水杉，细细的枝杆蜘蛛般在宁静的空中结着一些"网事"，然后若有若无地融进一片雾气中。

▼莲花洞的轿工最清楚盘山石径的每一处曲折和曲折中撩起的重重幕帏。

莲花洞老街，1935年夏，新建铁皮瓦的宪警派出所、汽车站及其他设施，标语广告五光十色。中国近代史上官僚、资本家、洋人、阔太太小姐们及各色游客从这里换乘山轿或徒步登山。山上吃喝生活用具、玻璃、水泥、铁皮均从莲花洞搬运上山，熙熙攘攘，一派焕然气象。当年的轿工人数有三千，有当地莲花、赛阳、彭家河人，还有湖北黄梅、武穴人。三千人分成十大班，统一穿夏布做的马甲号服，这种衣服轿工说"扫汗"。沿街开着茶馆、饭铺和赌场，供轿工们吃喝、摇宝、打纸牌。莲花洞当年设有庐山管理局上山登记处和中国旅行社，公轿、私轿约四五百顶，在好汉坡上蔚为壮观地川流不息。

莲花洞人显然是见过了大世面，当年抬过美国特使马歇尔的汤善旺老人有七十八岁了。他在自己屋场前锯木柴，一边锯一边用另一只手画了一圈弧说，我这屋里当年是蒋介石的小停车场。

卡迪拉克的乌壳车疾驰山脚下，蒋介石、宋美龄下车，然后进入青砖

▲蒋介石乘轿上庐山。

屋两套间的休息室休息。喝过茶水,稍事停顿,蒋介石和宋美龄乘上专用的红木轿子,由侍卫室奉养的浙江轿工十人一组抬上山,途经竹林寨、好汉坡、月弓堑、半山亭至小天池。轿至月弓堑已凉风袭人,穿中式长衫的蒋介石停下歇息,穿上宋美龄为他披上的夹衣。休息室是木地板的,里面摆着藤制的小圆桌子和椅子。解放后,休息室做过医务所、农村俱乐部、仓库和牛栏。如今斑驳的墙上依稀还残存着当年"休息室"三个字样和下面一排英文字母。

1936 年，后任国民党行政院院长的国民政府要员张群从莲花洞上山，十六岁的轿工刘茂雄正轮上抬张群的轿子。因为年幼身子骨嫩，抬到半山腰，刘茂雄脸发白，头上直冒虚汗。小伙子长得十分标致伶俐，被张群一眼相中。到了山上，张群对他说，抬轿子实在是一辈子糟蹋了，你跟我走吧。刘茂雄从此远走他乡，成为张群的贴身副官，辗转于南京、重庆、台湾。1991 年清明前，老人终于回到莲花洞。在半个多世纪的漂泊中，尽管当年的乡音已荡然无存，老人回到少年的青山绿水中，依然笑出了声。

从休息室拾级而上，连着解放前尚存的七八家低矮的土砖屋，其中有一家是门板可以拆装的店铺，木板门被几十年的风霜涂染成了深褐色。隐约中还能看出当年旧街的影子。七十九岁的轿工刘振华住在顶头的一间。土砖屋前码着一捆捆整齐的木柴，阳光稀疏地落下来，白亮亮的溪水从屋前的山涧很响地流下去。岁月在一成不变的飞逝中，悄悄地也是神奇地会把一些普通的东西变得非凡。低矮的土屋在时光中落寞、飘摇而坚强。

刘振华老人满面红光地坐在屋前一把小竹椅上，登山路从他屋门口穿过。老人把身子往后翘着，小竹椅只剩后面两只脚落地，老人的脸和眼睛便仰向了高树和茂竹中的蓝天，神情里有些怀想又有点自得。他一边用手叩着小竹椅，一边告诉我们，蒋介石坐轿子时无事就喜欢用手在轿子上叩。宋美龄是个大脸盘子，耳朵上戴着白珠子泡。他说那个时候莲花洞人除了有山有田，副业就是抬轿，抬一趟每人有两块银洋，另外加两角小费。两块银洋那时可以买一担谷，两角小费够在山上吃一顿饱饭。四个人抬一顶轿子，胖子要六个人或者八个人抬。一天跑两趟，有时上山和下山的轿工中途碰上可以互相调换客人，抬轿子习惯了也不觉得累。那时日子过得无拘无束，莲花洞人在当时来说还是很富足的。

刚解放时，刘振华有一次抬了一位客人，客人下轿自己爬山，一边走一边与轿工攀谈。客人说抬轿子是给人当奴隶，你们应该回去种田。下山

▲蒋介石、宋美龄在庐山。

▲1933 年，蒋介石、何应钦与外国顾问在庐山。

后，搬运工会的人问他：你晓得今天抬的人是哪一个啵？是叶剑英啦！

　　老人走到屋前的土坡上，指着一叠竹筒一样的青瓦，学问颇丰地告诉我们：这个就是搭凉亭用的瓦。当年的扇子亭漂亮得很，后来被日本人毁掉了。这个瓦就跟琉璃瓦一个样，只是材料不一样，是窑里定做的。老人和他的儿子忙活着用木柴给我们比划当年轿子的构造。老人的儿子刚解放时才一岁，虎头虎脑的模样，煞是惹人喜爱。解放军浩浩荡荡从刘振华家门口登上庐山，队伍中有一个人摸了摸小伢儿的头，从挎包里摸出一个小瓷碗留下。老人的儿子说起当年瓷碗时的笑脸用小瓷碗已满满地盛不下了。他说，我爹跟中央台赵忠祥说过话，我在电视里看到我爹晃了好几下。老人一边跟我们说话一边对着摄影记者的镜头挥着手左右摇着连连说：不要拍我，不要拍我。见多了大人物，心气自然高些。

　　十七八岁时参加工作就在休息室对面的宪警派出所站岗的王耀洲先生说，那个时候刚解放，美国佬学校雪佛兰的汽车运货到莲花洞上山，金头发的洋人司机每次下车一看见我就用蹩脚的汉语高声打招呼："密斯特王,我是加拿大人,不是美国人。"回忆当年的情彩,王先生开心极了。

　　树叶在山风吹拂下哗哗的响声沿着石台阶轻轻往下滚,恍若风吹动了久已无人翻阅的书册。

　　故道陈迹,世事沧桑。1926 年 11 月 26 日,北伐胜利后,蒋介石首次乘轿从这里登上庐山。十天后,国民党中央首次在庐山开会,研究"整理军事政治问题",蒋介石从此格外钟情于庐山。庐山成为国民党中央和国民政府的一朝夏都,上海十里洋场的后院,洋人的离宫。

▼马歇尔下庐山在九江海军码头上船。庐山从此留在他外交生涯的灰色记忆中。

▼国共两党庐山谈判。

▲1937年,周恩来首次上庐山,
与博古、林伯渠代表中共与国
民党谈判。

▲周恩来与马歇尔
在庐山会晤。

　　1937年6月4日,周恩来从莲花洞首次上山,与林伯渠、秦邦宪代表中共与国民党谈判。

　　1937年7月17日,蒋介石在庐山发表态度强硬的对日抗战宣言。

　　1946年7月18日至9月17日,马歇尔八上庐山参与国共两党和谈。

　　中国近代名人宋庆龄、郭沫若、瞿秋白、李立三、林森、何应钦、陈诚、孔祥熙、冯玉祥、胡适、戴季陶、梁实秋、杜月笙纷纷从莲花洞坐轿登山。

　　从莲花洞登山,一路的野花丰茸、茂林密竹、飞瀑流泉、云牵雾涌。仰望高入天际的山峰,不能不使人浮想万千。莲花洞的轿工最清楚盘山石径的每一处曲折和曲折中撩起的重重幕帏。

▲天真、率性又不失才智的
宋美龄（左下），八岁跟着
姐姐到美国读书，直至十
九岁回国，长达十一年之
久。在世界观、人生观的
形成上，她已经变成了不
折不扣的美国人。

牯岭美国学校

　　牯岭美国学校的故事是在一片狼藉中开始的。大约是 1951 年吧,抗美援朝战争爆发,美国人成了真正的美国鬼子, 学校最后一批没来得及撤离的美国教师和学生在政府的护送下经广州迁移至香港。

　　政府和部队接管了美国学校。十七岁的小公安王先生住进了这幢迷宫般装满了一个个房间的阔绰的四层高楼。美国人留下的满屋子带竖条商标小玻璃瓶的可口可乐、威士忌,把小公安的肚皮撑得胀鼓鼓的。更诱人的是堆满了一床底的雪橇、雪船。中国孩子最嫉妒的事莫过于从前眼睁睁地看着外国学生下雪天拉着雪船到牯岭街上购物、玩耍,回程时踏上钢丝带刹车、龙头用两个皮带子牵引的雪船, 神气十足地沿着河西路的便道呼啸而下,转眼消失在密林中。

　　加拿大面粉、啤酒、糖、黄油、银器、象牙筷、皮鞋、

▲时光已转过了八十余年，学校四周低矮的小灌木已长成一片修林。门前硕大的冷杉、柳杉和法国梧桐仿佛天真烂漫的手臂，争先恐后地推开教学楼上一排排密集的新刷了油漆的湛蓝色木窗。

皮袄、丝棉袍，美国人留下的吃的穿的东西让许多中国人闻所未闻。人们兴高采烈地抽签，把打成包编上号的吃穿用品扛回家，分享解放给人们带来的幸福生活。小公安当时的年龄其实比在美国学校读书的孩子大不了几岁。望着床下塞得满满的雪船心里痒痒的，白天不能滑，到了晚上借了月光拖着雪船溜出去，手舞足蹈地踏上雪船，飞驰的快活的笑声惊得松枝上的雪团扑腾腾地往下落。

北美建筑风格的大楼，左右两边山形墙上大方窗小方窗和直角三角形的小窗，童稚趣味地装饰了瓦灰色青砖的外墙。即使在一片狼藉的冷落中，它的外观依然庄重而静雅，没有任何东方式的忧郁和落魄。位处庐山东谷溪流和丛林中的美国学校，同它的正前方不远处的庐山大厦遥遥相望。这两处均为庐山体量显赫的建筑。尽管美国学校的建造时间比庐山大厦早了十四年，但与庐山大厦相比，它的知名度还显得不够，它现在还有一个新的命名：颐元宾馆。

踏上若干级石台阶进入大门，左手边墙上张贴着有关这幢大楼的历史照片，这是这幢房子目前能给人最直接的价值提示。

外国人寄居牯岭之初，深感庐山是难得的纯良教育环境，应着手创立学校,使当时在华的驻外大使、欧美商人、传教士子弟能接受到现代、正规的教育及道德和宗教的训练。1916年,"北长老会"、"圣公会"会同美籍教友联合筹募创校基金,后又有"复兴教会"参加。美国学校由此成立。教学大楼动工于1918年,在那个一块瓦、一块砖都要靠人力扛上山的年代,建造这幢大楼相当不易。1920年,李德立拍摄了这幢楼建至第四层、周围有很多脚手架的照片,这幅照片收集在《庐山的历史》一书中。1922年,这幢大楼正式落成。

1936年,美国学校增建了石构五层楼高、有长廊与主楼沟通的精美副楼。学校有完善的地下室、教室、实验室、办公厅、洗衣间、交谊室、寝室等,此

▼八十年前的美国学校。

外还有平房三幢,里面是医疗室及教职员工宿舍。学校里还有运动场、剧场、健身房、排球和网球场。校舍装有电灯、卫生设备及冷热水汀。学校寝室、厨房、餐厅彼此隔离,学生饮料及食物在家事管理员的监督下烹制。大多数寄宿学生的日常生活力求家庭化,学生除了要保持自身的整洁外,还要在经常的检查下打扫寝室及整理内务。

让人羡慕的是那些为数不多的走读生,他们随父母寄住在庐山散落的别墅中,放学后,背着书包晃着金头发蹦蹦跳跳像碎阳光一样消失在林中。颐元宾馆的经理就住在美国学校附近一幢别墅改成的民居里。几年前,一位美籍加拿大教授寻访到这幢别墅,他说这是他小时候住的房子,他在美国学校读书。

牯岭美国学校1936年年报中曾记载有以下数字:本校现有教职员工17人、学生83人。学生分12班,1至4年级为初级班11人,5至8年级为中级班24人,9至12年级为高级班48人。学校寄宿生72人,走读生11人。美国学校课程均按美国中学的一般课程编定,一方面可以与来往美国的转学生课程相衔接,另一方面也能适应一般受家庭教育的学生升学或转学。各级课程除通常课目外,还有圣经、体操及音乐科。学校备有多架钢琴,学生定时轮流练习。图书馆藏书有八千册。1936年时,牯岭美国学校的规模和影响力已成为外国人在华中一带的重要学府。

每年12月中旬,飘飘扬扬的雪花落满了庐山的崇山峻岭。三十六周为一学年的美国学校的孩子们从这时开始了愉快的假期。学生们有充足的时间回家,藉享天伦之乐,欢度圣诞节。

在历史的变迁中,沉静的学校落满世事的尘烟。1927年,由于中国大革命高潮的波及,该校迁至上海,1929年迁回庐山续办。1937年7月至8月,国民党政府召开"庐山谈话会",这里是代表住宿地。1937年日军侵占庐山,学校停办。1946年7月至8月,蒋经国主持三青团"庐山夏令营",这里是该夏令营的总办公厅。1947年,重新恢复为美国"夏季学校"。1949

年美国基督教办为内地会学校至 1951 年停办。对于这所美国学校,许多庐山老人对它有着丝丝缕缕的记忆。九十二岁的左婆婆当年在美国学校做洗衣工,每月挣十块银洋。除了洗衣服,她的工作是把长的衣服缝短把短的裤腿放长。做挑夫的一位老人说,那时给美国学校挑了日用品上去,不苟言笑的外国人给他结工钱,当时的美国人对普通中国百姓并不搭理。租界路边草坪上的白长条椅,是不允许中国人坐的,只要有中国人坐上去巡捕提着棍子就赶过来了。

住在板桥路也就是现在庐山日照峰附近莲谷路的一位小男孩,顺着

▼蒋介石(左二)、戴季陶(左一)、邵力子(左三)、吴铁城(左四)与"三民主义青年团第二次全国代表大会"代表合影。

▲"三青团"夏令营的总办公厅设在美国学校。

长冲河的水流往下玩耍，一直走到了美国学校前面一个有河湾的小桥上。他站在桥上，看到七八个美国学生正在河里洗澡。洗完澡上岸时，这群外国孩子突然哇哇乱叫起来，原来他们的衣服没有了。找不到衣服，美国孩子只好光着屁股跑回了不远处的校舍。这个让人忍俊不禁的事自然是中国孩子干的。外国佬全红全绿和五光十色漂亮极了的玻璃弹子中国娃从没有见过，看得眼睛都溅火花了。不给我玩，我们就把你们的衣服藏进草丛里。那时中国孩子同美国孩子在一起踢球、爬树，玩耍时冲突总是不停地爆发。

正是站在桥上那个叫邵文的小男孩，长大后成了庐山国际旅行社的经理。1991年、1994年恰巧是他接待陪同了中国名字叫"赵艾思"的一位美国人组织的旅游团，这个旅游团是"中国庐山美国学校同学会"。六十多位当年在庐山读书的美国学生回到了故地。

时光已转过了四十余年，学校四周低矮的小灌木已长成一片修林。门前硕大的冷杉、柳杉和法国梧桐仿佛天真烂漫的手臂，争先恐后地推开教学楼上一排排密集的新刷了油漆的湛蓝色木窗。邵文的耳朵里灌满了"Beautiful"的惊叹和赞美。外观保护完好的楼房续延了童年的美梦，尽管此时它已改造成了一座普通的疗养院。四位美国人坚持留在二楼拐角当年的一间学生宿舍里住了一夜。

坐在屋子里，木窗框是唯一存留的旧时痕迹。早晨的阳光把窗前绿色的叶子照得玲珑通透，把梦也一并照醒了。

▼ 木窗框是唯一存留着的旧时痕迹。早晨的阳光把窗前绿色的叶子照得玲珑通透，把梦也一并照醒了。

▼陈香梅第一次上庐山时，还是中央通讯社刚出道的小记者。
她后来成了飞虎将军陈纳德的"永远的公主"。

胡金芳旅馆

在庐山现在找遍了也找不到"胡金芳旅馆"这个名字了。其实它的房子就紧临着正街，门牌号为慧远路839号。大林路在它的前面是一个急速往下的坡。从大林路往上走，毫不起眼的一长排两层的旧房子把视线装得满满的。行人上了坡拐了弯就把旧房子远远地甩在后头了。

旧房子真的就浸泡在旧时光里。八十多年来房子一直未曾有过大的拆迁和更改，只是石台阶上破损的一块刻着"民国九年秋林森置"字样的石条不知什么时候被倒扑着成了台阶中的一级。来来往往的人在这块石条上踩踏过，对它依稀的字迹惘然未知。二十世纪初的木地板被脚底叩出咚咚的闷闷的声音，时光的气息就从一条条隙缝里像灰尘一样弥漫开来。窄窄的过道仅仅能容下一个人独行在时光隧道。

　　雕花木框的斑斑驳驳的水银穿衣镜立在拐角处。饭店经理说，镜子是旧了，但从前的镜子照人一点都不走样呢。水银镜反射着地上零零碎碎一大摊木制小商品，货物的主人正准备把它们搬到房间里去。现在的胡金芳旅馆叫做"云天饭店一部"，但已不接待客人了。所有的房间都已租给了在庐山经营生意的人长住。推开一扇虚掩的门，屋里杂乱的床上，床上人正毫不设防地安然熟睡。

　　旅馆底层朝外的房间改成了一间间店铺。东边就是热闹的小商品批发市场。绿叶荫蔽的楼上，岁月侵蚀的旧窗框里透出粉红色的窗帘，老房子显得破败而温情，而且绝不寂寞地被人间的烟火滋养和延续着生命。

　　从前，一位美籍华人回到庐山，专程找到解放前自己住过的胡金芳旅馆，走进当年住的客房，老人万分感慨地说了一声：老房子还是老房子！

　　如今在庐山知道胡金芳旅馆的人已经很少了。老人们说，胡金芳一家解放后低价将全部六幢房子的旅馆卖给了政府，然后举家迁往武汉了。房子到底卖了多少钱，有人说是6000大洋有人说是3000，反正难以再考证了。站在旅馆对面的马路边上，一位年过半百的胡姓本家指着马路正中间两棵笔直的杉树说，从前的树在院子里，马路只有这一半宽。他扬了扬手指着旅馆旁边油渍味很浓的云天酒家说，这里从前叫"小乐天"，别看它不起眼，蒋经国在庐山时，这个楼上是他跳舞的地方。下面一层卖西点和咖啡。在叙写民国历史的有关书籍中，胡金芳旅馆留有多处记载。

　　老人们说，胡金芳就是本地赛阳人，是一个精明能干的老头。胡金芳年少时上了庐山，在山上开过牛奶场、营造厂。

发迹后，1920年开始开旅馆。解放前，胡金芳旅馆名噪一时，是庐山最大的一家私人旅馆，床铺有三百张。胡金芳老了以后，由少老板胡昌宪少奶奶胡爱玉掌管旅馆。胡昌宪身患顽疾，实际管理旅馆的一直是聪明泼辣的胡爱玉。当时胡爱玉出入庐山诸多豪门官邸，多方联络，把生意经营得红红火火。蒋介石、蒋经国、林森、国民政府江西省省长王陵基等要员均在此出入。

1928年4月，著名学者胡适时任上海光华大学教授，有考据癖的他怀揣一部清康熙七年由吴炜编撰的《庐山志》，带着儿子祖望与上海商务印书馆出版部部长高梦旦、东南大学校长蒋维乔、光华大学教授沈昆结伴

▼老房子沉默着不能开口，它骨头一般的墙壁还嵌着旧式家具，它剥落的肌肤里还汲浸着半个世纪以前的风霜雪雨。

首次上庐山，下榻在胡金芳旅馆。三天的庐山读考虽行色匆匆，但他在旅馆里一气写下万字的《庐山记游》。

胡金芳旅馆的码头好，生意很兴旺。《民国日报》二十四年八月七日载有此文："是年，牯岭商业极一时之盛，尤以旅社业获利最多，如胡金芳旅馆。茶役侍者，每人均分得红利二百余元。九江有某教员，闻

▶蒋介石第一次带上庐山的佳人是陈洁如。

而羡之，乃各方借贷，每年认息三十元，借得八十元，入胡金芳旅馆为侍者。"此段足以考证战前牯岭的经济状况。当时胡家抬轿子的人把客人直接从山下抬到旅馆门口，旅馆门口搁满了轿子。客源高峰时，旅馆请的挑水工有二十多人，源源不断地到窑洼的井里去挑水。房间的被子床单拎到大林路的溪水里漂洗，晾晒起来五颜六色的一串串。

解放前在胡金芳旅馆做茶房的胡骏响老人记得，那时旅馆里有上海、武汉组织来的旅行团，都是些小资本家。说起记忆中旅馆最热闹的一年，老人说，那一年旅馆住满了记者。

1946年夏天，全国各大报社记者云集庐山，中央日报暑期版搬到了庐山。十几岁的少年，当时没有文化，又身处底层，面对身边出出进进的记者，他全然不知庐山正在发生和即将发生什么！当年为中央通讯社刚出道的小记者陈香梅女士，在她日后《四上庐山》的文章中写道："四十多年前，曾有中国惊人的历史在那儿上演。"

八年抗战结束，中国人只有昙花一现的和平。弹指间内战又起，国民党和共产党再度干戈相见。美国为调停蒋介石和毛泽东之争进行多方协调。庐山风云变幻的历史长卷中上演了马歇尔八上庐山的历史往事。

与正在发生的严峻事件相比，《侍卫官杂记》中倒是颇有几分调侃和俏皮地刻画了那一年记者群中多方收集新闻的住胡金芳旅馆的女记者薛明玉。她住的旅馆"又宽敞又干净又舒服。床上铺着绣花床单"。沉闷板结又变幻莫测的中国历史在那一年被一个旅馆和旅馆里众多的笔墨折射出平常姿态。

胡骏响老人说，那时呵，记者们早出晚归，晚上回来就在大厅里打电话，报密码一样，不知道在说什么。

老房子亦是不知道了，尽管它最有理由见证历史。它沉默着不能开口，它骨头一般的墙壁还嵌着旧式家具，它剥落的肌肤里还汲浸着

▲胡适住过的旅馆，底层成了小商品批发市场。老房子被人间的烟火滋养和延续着生命。

半个世纪以前的风霜雪雨。

2000 年的夏天,清华大学的专家对胡金芳旅馆进行反复测量,认为这是庐山正街上最有价值的一幢房子,建议保持原貌,内部尽早加固维修。

老房子里,宽得有些气势的旧木楼梯被门板钉死了,过去的气息氤氲着找不到出口。时光终究还是不易察觉地一点点抹去了从前。在这样的流逝中,老房子愈发显示着它的坚守与期待。

并且有一天,还能让人记起,我们曾经有过昨天,有过从前。

▶镜子是旧了,但从前的镜子照人一点都不走样呢。

▲在一天天长大的树林的遮蔽中,这幢
　房子渐行渐远地退避于尘嚣之外。

住在赛珍珠的家里

　　走在庐山东谷中路上，刚刚下过小雨的路面很湿。入秋的落叶追赶着游人的脚步，放眼望去已见不到几个人影。路上铺满了黄色的梧桐树叶，远远地有人甩着竹制的大扫把，有力地扫过路面，刷出很响的有节奏的沙沙声。赛珍珠的别墅就在这附近，但是即使是谙熟历史的庐山老人带着我们找了半天，对这幢房子的确切位置也记不准确了。迎面碰见一两个拎着开水瓶的年轻人，一问，他们说，那是历史，我们搞不清楚。

　　1938年的历史是，诺贝尔文学奖将桂冠授予了"对中国农村生活丰富而真实、史诗般描述"的美国女作家赛珍珠。这部小说是1931年出版之后饮誉世界文坛、获普利策小说奖的《大地》。

　　"诺贝尔文学奖和赛珍珠到底有多大价值，我父亲不知道，我是学中文的，我把我知道的告诉父亲。"我们

▲1938 年，诺贝尔文学奖将桂冠授予了"对中国农村生活丰富而真实、史诗般描述"的美国女作家赛珍珠。

费尽周折后，找到中四路 310 号，房主的儿子封强军对我们说。封强军现在是庐山一所中学的副校长。

石阶旁边依然绿着的草叶上覆盖了层层叠叠的黄色阔叶，在林中穿行，踏上曲折的石台阶，推开了一扇虚掩的小木栏栅门，进到了别墅的外廊，然后走进了当年赛珍珠的家中。

脚下是红色地板，客厅茶几上摆着热腾腾的茶水。环视着房间，设想了一下，赛珍珠当年喜欢朝哪个方向静坐？书桌摆在哪一扇窗台底下？

这幢房子现在居住的主人封必取是当兵出身的庐山疗养院原副院长。1983 年，封强军随父亲住进了这幢别致的，有着一个很大的敞开式外廊，屋顶上蹲着老虎窒的别墅。

"当时住进来，并没有什么特别的感觉。庐山这样的房子很多，只知道这个房子从前是外国人住的。"平静的生活中，有一天奇迹和转变却突然发生了。

1986 年 11 月，封强军在自己家里接待了一位特殊的客人，在上海外语学院任教的美国人戴维带着一张旧照片来到庐山，寻找祖父当年的旧房子。他的祖父叫赛兆祥。母亲告诉戴维，当年的旧居在剑桥路 86A 号，但戴维

▼赛珍珠的别墅，四周隔很远才有邻居。在树林的遮蔽中，这幢房子渐行渐远地退避于尘嚣之外。

◀环视着房间，
设想了一下，
赛珍珠当年喜
欢朝哪个方向
静坐？书桌摆
在哪一扇窗台
底下？

对这个自己八岁以前住过的房子已经没有多少印象
了。照片是1922年照的，当时他四岁，同母亲和姐姐站
在台阶上微笑。时间已经磨损了相片上的人和景物。戴
维对是否在此住过一直心存疑惑。当封强军领他走出
别墅下了台阶，来到西南面的一个小院时，突然，戴维
的眼睛被围在四周的一个驳坎上的石缝牢牢吸引住了。

◀等待归人推
开虚掩的小
栅栏门。

"是这栋房子,我家是这幢房子!上帝为我作证!"他兴奋地叫起来。记忆的隧道被照亮了。原来戴维八岁时同姐姐一起在院子里玩耍,调皮的他发现了石缝里的马蜂窝,他捡起一根树枝捅进去,结果被马蜂蜇得鼻青脸肿。后来是奶妈用奶汁敷在伤口上,让他止了痛。事隔六十年后,戴维还啧啧称奇地说,中国的偏方真有意思。

戴维的祖父赛兆祥正是赛珍珠的父亲。

照片上的台阶在 1970 年旁边西院修建林彪别墅时,改变了方向。

这次不同寻常的造访才让封强军得知,原来自己同美国作家赛珍珠

▶从敞开的外廊
眺望从前。

在不同的时间拥有了共同的空间。他惊喜不已,心里是痒痒的不一般的滋味。一些习以为常、不知珍惜的东西,忽然间光彩照人。

以后冲着这房子来的还有《庐山》电视风光片摄制组。主持人赵忠祥和封强军的父亲坐在客厅的窗前,一边下围棋一边拉家常。老人说得最多的是引以为自豪的女儿,因为那时,封强军学医的姐姐已留洋美国,"留洋美国"这一点和赛珍珠还是有关联的。后来再来的是北京一个文化策划中心,带了话筒来录音。

1883 年,一位美国的基督教"南方长老会"传教士来到中国杭州传

教,他的英文名阿伯洛姆·希登斯特里然,叫起来又长又不够通俗,他取了一个中国名字:赛兆祥。1892年春天,赛兆祥带着妻子返回美国,当年9月,再回到中国时,已多了一个出生三个月的女儿,这个女儿的中国名字赛珍珠有点让人过目不忘。赛珍珠在中国长大,十八岁才去美国读大学,毕业后又回到中国,1936年再回美国定居。1897年,庐山正式开发的第二年,在江苏镇江常住的赛兆祥在庐山购买了1727平方米地皮,建起一座140平方米的别墅。赛珍珠从五岁至十八岁、二十二岁至三十五岁常来庐山居住。1922年8月,在庐山的别墅里,赛珍珠完成了她的第一部传记作品,当时她在南京金陵大学任讲师。在庐山她还构思和完成了其他大量作品。1931年8月31日,赛兆祥在庐山这栋别墅里去世,葬于庐山。

七年后,有着中西两国文化传统的女子,站在瑞典科学院大厅诺贝尔讲坛上。她说:"假如我也不为中国人说话,那我就是不忠实于自己。因为中国人的生活,这么多年来也就是我的生活。我自己的祖国和第二个祖国中国,在心灵上有许多相似的地方。"1973年赛珍珠去世时,尼克松总统赞扬她是"一座沟通东西方文明的桥梁"。

封强军带着我们把房子前前后后看了一遍。房子基本保持了以前的结构,地板和壁炉都是从前的,客厅通向主间的落地窗式的宽门上毛玻璃、拉手以及窗户上的拴扣都是一百年前的原物。这个并不奢华的别墅每个房间都不大,房间与房间之间曲折回环,显示着居家的紧密与温馨。不规范的平面格局体现了美国人以炫耀个性为乐趣的特征。

"我觉得这屋子住着很荫凉,四周隔很远才有邻居。你们看,外面都是参天高树,不过六七十年以前,树长得没这么高,阳光肯定比现在好。"在一天天长大的树林的遮蔽中,这幢房子渐行渐远地退避于尘嚣之外。尽管在庐山新开辟的东谷名人别墅旅游线上,它是宣传册上十一幢别墅之一,从数千幢别墅中脱颖而出。然而,熟知它的人不多,主人说,普通游客的寻访几乎没有。它至今仍是自然状态的民居,没有门牌、简介和路标。屋顶上新钉了白秃秃的铁皮瓦,还没有涂上颜色。而从前,它的主人是多么爱美,爱一切美好的色彩。

推开扇式布局的旧式窗户,阳光透射下来,这时赛珍珠放下手中的笔,漫步到院子里的小花园。她的园丁正在花园翻地,她问:"你愿不愿意要点这种花籽种在你房前?"

园丁不信任地看了赛珍珠一眼,用力掘着地:"穷人种花没有用,"他说,"那都是供有钱人玩赏的。"

"不错,但这并不要你花钱。你看,我可以给你几种花籽,如果你那片地不肥,你可以从这儿的肥堆上弄点肥料。我会给你时间,让你侍弄它们的,种点花会让你感到心神愉快的。"

他俯身拾起一块石头扔了出去:"我要种点菜。"园丁的回答很干脆。

园丁美餐了一顿,他在草坪上快活地干活,赛珍珠坐在竹丛下沉思。突然,一片奇异的光彩把她从沉思中惊醒,她抬起头,西天烧起了绚丽的晚霞。

"哦,看哪!"赛珍珠喊道。

"在哪儿?在哪儿?"园丁紧紧抓住锄把叫道。

"在那儿,看那颜色多美。"

"哦,那呀!"园丁不胜厌烦地说,弯下腰去接着修整草坪,"你那样大喊大叫,我还以为有蜈蚣爬到你身上呢!"

这情趣盎然的对话来自赛珍珠的作品《中国之美》。

这话音突然间好像又不清晰了,七十年的浓雾漫起,把所有的声音都卷走了。

我循着赛珍珠闪烁的笔迹漫上幽静的石径。"犹如通往天国黄金大街的小路,头顶上枝丫交错,橙黄、粉红、猩红、深褐、淡黄……色彩纷呈。林中徜徉,仿佛踱在一块鲜艳的地毯上,这是北京地毯也没有的鲜艳。"

这样的"林中"应该正是庐山的秋林。

▼在树林的环拥中教堂静默无声。空山中能听见脚步的回音，但是，我们很
   容易忽视了就在身边的一块石头、一扇油漆剥落的门、一堵沉思的墙。

香山路天主教堂

从去年的秋天到今年的开春，我五次寻访了庐山上的这座教堂。来了两次以后，看护教堂的梅婆婆，昏花而精于世故的眼睛认识了我。她说，你又来了!

我第一次被建筑师带到这里时，建筑师像出示家中的红宝石一样向我们推介了庐山别墅中的珍品。梅婆婆掏出钥匙把教堂一侧的门打开，然后把灯摁亮，室内一下变得辉煌起来。她狐疑地看一看客人，又开始无所顾忌地向人发泄不满。她的声音很高亢，一点不像八十多岁的老人。据说梅婆婆因为不懂法，曾自作主张找人砍伐了教堂边的树而遭处罚。人老了变得有点"愤世嫉俗"。1996 年联合国专家考察庐山时，这里是主要考察地点。那天，梅婆婆破例被接到街上餐馆招待了一顿。大概招待的是她在庐山颇有盛名的数落声，当然也应该包括她许多年守护教堂的功劳。

▲绿色线条交叉
的弧形穹顶。

　　第二次我带了客人来，梅婆婆从紧挨着教堂的爱德休养所出来，我小心地说，梅婆婆，我来看你了。梅婆婆眨眨眼睛说，不是看我，是看教堂吧。教堂不属对外开放的景点，来的多为行内学者专家。教堂的门是锁着的，要进去看就要请梅婆婆开门。

　　冬天，庐山被大雪装扮成了玉色宫殿。人迹稀落的路上，偶尔听到两边树丛传来像是鸟儿的一种啼叫。这啼叫声一点不让人觉得热闹，反而使山谷更加空寂。踩着脚下吱吱作响的冰凌，人会蓦地被树上雪团落下的瑟瑟声惊住。这样的冬天，梅婆婆用链条锁把自己反锁在屋里，叫了半天，她在里面应了，然后拿了钥匙开门。她把我引到了火炉边。

"一个人一天到晚待在屋子里，是不是很孤单？"

"不孤单。这是修炼，懂吧？"

不孤单的梅婆婆对着冬天来访的我滔滔不绝地讲着从前。

从小在九江英租界育婴堂长大的梅婆婆，在日本投降后的第二年就上了庐山，在教堂里洗衣做饭看房子。

老人活在倒流的时间里。

▼蒋介石、宋美龄从美庐别墅穿过长冲河的溪流，在此教堂做礼拜。

D.O.M.
SUB INVOCATIONE B. MARIÆ VIRGINIS
IN CŒLUM ASSUMPTÆ

▲ 隔成小块的窗子镶着古典
几何图案的玻璃。这玻璃曾
使联合国遗产委员会专家
德·西瓦尔发出一声惊叹，
因为这玻璃同巴黎圣母院
的玻璃一模一样。

这次她不肯把几步之遥的教堂门打开，她说出门要滑倒的，你开春再来吧。

站在教堂正立面，仰起头就能看到坡面屋顶上的十字架穿过了树林的高度，抚握着天空上的白云。大门前，像石拱桥一样的台阶，上面通向正门，下面的拱形门通向隔湿层。一座台阶就让石结构规范而简略的教堂变得有了跳跃和起伏。大门上面有两个并列的狭长的窗子，窗子上部环绕着荡漾开的罗马圈。隔成小块的窗子镶着古典几何图案的玻璃。这玻璃曾使联合国遗产委员会专家德·西瓦尔发出一

声惊叹，因为这玻璃同巴黎圣母院的玻璃一模一样。

香山路天主教堂放在法国只是一个普通的乡村教堂。它的价值是与庐山整体联系起来看的。建筑师从梅婆婆提供的当年建教堂时捐款的原始记载上推测，此教堂建造时间在1894年，当时教主为法国天主教"江西北境六府主教"樊迪爱。樊迪爱常驻九汇。九江教堂原址在九江市溢浦路与大中路交界处。那垄大教堂在

▼长冲河从前清澈、激情的奔涌如今似乎变得有点混沌和懒怠了。谁能说清楚它到底流淌了多少年呢？时间像筛子一样一点点减弱它的声息，乱石裸露着光滑而沉默的脊背，但溪水还在往前流着，还能发出潺潺的声音，还能引着你从庐山最精华的东谷一带的柏油路顺势往下行走。

二十世纪八十年代被拆除。但许多九江人的记忆中仍固守着那恢弘而暗淡的背影。

按教堂建造的时间比照，建筑师认为这应该是庐山建得最早的一幢保存完好的近代别墅，也是庐山风格各异的教堂中最高的一座。欧洲文化对庐山的入侵最直观地体现在建筑上。英国社会活动家霍华德在《未来的田园城市》中提出以疏林草地、河流鲜花为自然风貌构成城镇，使城市生活与乡村生活像磁体那样相互吸引。香山路天主教堂坐落在庐山早期规划最有特色的东谷一带，建造时间与世界上最早提出花园城市的理论处于同时代，起点高。它的建造就地取材，中西文化和谐交融。

在树林的环拥中教堂静默无声。空山中能听见脚步的回音，但是，我们很容易忽视了就在身边的一块石头、一扇油漆剥落的门、一堵沉思的墙。

春天再回到教堂时，已是满山的郁郁葱葱。屋檐下滴着小雨。一切都像从茧中破壳而出，梅婆婆声音更高了。她说先听我讲一讲天主六天造成天地万物的故事。

世界上最初混沌一团。耶和华在漆黑中飘飞着，飞着飞着，他突然感觉四周黑乎乎的太沉闷，便说，要是有光来照亮这个世界就好了。随着他的话音，宇宙中立刻充满了光明。耶和华给光明起名叫做"白昼"，把天上和地下的水分开。又过了一天，耶和华命令地上的水都汇聚起来，形成湖泊和大海，他看着从水里露出来的光秃秃的地面说：大地上应该长出植物。话音一落，大地上长出了姹紫嫣红的花草树木瓜果蔬菜。第四天，耶和华制造了太阳和月亮,又制造了亮晶晶的小星星给不刺眼的月亮做伴。第五天,耶和华把目光投向大海和天空,他造出各种各样的鱼和水生动物放到水里,又造出飞禽走兽,让它们在天空和大地上飞翔奔跑。到了第六天,耶和华用泥土捏出了亚当和夏娃,从此便有了人类。第七天,耶和华便休息了。

讲完了故事,梅婆婆把教堂的门打开,她慷慨地打开灯,灯光点燃了她眼里的闪光。这一刻,我找到了一个老旧的人与一座华美的建筑之间所固有的联系。她说庐山上的老教友只剩下两三个人了,都老得走不动路了。

教堂正前方是透亮的大幅圣母升天像,脚下簇拥着一群小天神。墙壁左右挂着耶稣的故事连环画。头顶上是绿色线条交叉的弧形穹顶。踩着红漆木地板,沿着一排排空着的长椅往后走,后面是一个小巧的木楼,楼顶上有一口钟,长长的粗绳子垂下来,绳子扯动就可以把钟敲响。

一个世纪过去了,高峻的教堂好像让时间在它身边作过长长的停留,并细致地注视着它平稳而又精雕细琢的气韵。

▼三五成群的孩子们拿了竹棍敲破冰凌，一块块抬到"都洋人"那里过秤卖掉赚些零钱。

甜蜜的冰窖

冰窖两个字让人感到脚底嗞嗞地向上蹿冷气。从冬天一直保留到夏天的冰窖从前在庐山有好几处。

即使是在吹着凉风盖着薄被的庐山上消夏，达官贵族和洋人们也不才就这样白白无味地过了夏天。冰窖是用来做冰淇淋和冷饮的。在不大的庐山，从前有好几处人工冰窖，可见冰淇淋的需求量不小。在庐山好像少有非要吃冷饮来避暑的温度，那么往不热的肚皮里填冰块便多少有了形而上的情调和风雅。

这风雅让庐山的孩子们整个冬天都在忙碌。山上的河床溪流结了厚厚的冰凌，三五成群的孩子们拿了竹棍敲破冰凌，一块块抬到"都洋人"那里过秤卖掉赚些零钱。冰块存进冰窖，等待来年香艳的嘴唇把它们一一舔吮。

山上有位洋人叫都约翰，都约翰经营的冰窖最负

▲ 冰块存进冰窖,等待来年香艳
的嘴唇把它们一一舔吮。

盛名。老的庐山人都直接通俗地喊他"都洋人",还能够描绘一番他瘦高而严谨的样子。都约翰原是一位英国传教士,在山下九江紧临甘棠湖和南门湖的黄金地段南门口拥有房产,在市内、市郊开商店办实业。十九世纪末,都约翰帮助李德立入侵庐山并于1896年起出任英租界的管理机构——"牯岭公司"第一任经理。他在牯岭华界开办了"妇女医院"和"新医院",并大量购入地皮建房,在庐山他的别墅之多在外国人中是数一数二的。让都约翰名声传世的事件之一大概是他创办于1910年的"仙岩饭店"。至二十世纪二十年代,在东谷他买下的12000平方米的地皮上,都约翰盖了二十二栋别墅,这些别墅分为度假式和公寓式别墅。这是庐山当时最豪华的饭店,里面配有西式家具、浴具、电灯。仙岩饭店房价不菲,因此下榻于此的皆为中外显贵达官,是当时重要的社交和会议场所。

　　仙岩饭店被山上人简单地称为"九十四号"。住在九十四号的客人吃牛排、吃火腿、吃汉堡,吃得肥腻油光。如比正宗的西式菜肴,自然少不了冰淇淋来佐餐。那时根本就没有乳械制冰,都洋人的冰窖用来人工制作冰淇淋。天然冰块里加些鸡蛋、加些奶油、加些糖搅拌而成冰淇淋,味道无非是有些冰凉有些甜腻。

冰淇淋是英文"Ice Cream"的译音。水淇淋的原文译意是"冰乳酪",是聪明的广东人取了这样一个很花妙的名词。旧时代冰淇淋据说还有许多形形色色不统一的名字,像什么"冰结涟"啊、"冰结凝"啊,还有叫"冰麒麟"的,有的干脆简写成"冰其林",字面上都让人颇有想象的余地。从前出卖冰淇淋的地方,最好的名字要算大文豪梁启超的"饮冰室","饮冰室"原来是梁启超的书斋题名,他的"饮冰室合集"和"饮冰室主"这两个

▶宋庆龄和宋美龄在寓所中。

名词，是被视为最风雅而且最值得夸耀的名词。可见当时人们对还不普及的冰与甜有多么神往和趋之若鹜。

再来说都约翰。在庐山生活了近四十年的"都洋人"已经会说一口流利的庐山土话，他在山上无人不知无人不晓，而且山上流传着有关他的许多轶事和传闻。1939 年 4 月，庐山沦陷，日本人限令九十四号主人都约翰一家几小时内下山返回英国。七十五岁的都约翰受不了如此屈辱，当即服毒自杀。这件事使都约翰成了一条好汉大振了名声。

都约翰的冰淇淋制作史到此终止。日本人来了，日本人带来了与他们的罪恶极不相称的柔性食品——冷饮。日本人开始了九江历史上真正意义上的机械制冰，如果知道了这一点，冷饮的滋味在九江人心中是不是多少打了点折扣？但人们对冰淇淋确实无法憎恨起来。

日本人侵占九江后，带来了一台制冰机，在江边租界溢浦路卖起了冰棒。大中路王家布店的宝贝儿子，在烈日当头的晌午顶着鼓噪的蝉声，拎了一个搪瓷把碗，到溢浦路上去买冰棒。冰棒是白色的，只有一点点甜味，就是最简单的那种糖水冰棒。这样的冰棒，孩子们是没由来的那么"欢喜"。就是欢喜呵！当年的孩子老了而且后来饱经了世事的沧桑，说起那冰棒脸上便荡漾开了天真。那时是有钱人才吃得上冰棒，有钱人自然没有饥寒之苦，所以儿时回忆就纯粹和温馨了许多。

江面上飘过来轮船闷闷的长鸣。茂盛的梧桐树下，一个小男孩捧了搪瓷碗飞奔起来。碗里的冰棒他一时还舍不得放进嘴里，他要先回家再慢慢享用它。这个过程冰棒就在开始融化了，这就是激活人的地方，他所面对的是一个时刻在变化时刻还对它充满期待的东西。小男孩便在这一路的飞奔中延长了他的无限幸福。

　　这场景让我很容易地回到了自己二十世纪七十年代的童年。同样是攥在手中的零钱、白糖冰棒和融化着的一点喜悦一丝怅惘。到八十年代中期,九江西门口还在开着一家大的冷饮店。站在取冷饮的窗口就能看见里面轰轰作响的机器,脚蹬雨靴身穿白大褂的大妈在湿漉漉的地上来回走动,用壮硕的手臂从庞大的机器里"刷"地拎出一个大铁箱子,然后把它倒扣到桌面上,冰棒一个个从里面蹦出来。在那里买的冰棒就是那么新鲜,硬硬的硌着牙齿,很过瘾!

　　流年就这样换来转去。不管世事如何变迁,冰棒是始终如一的甜蜜。

　　小男孩长大后久居庐山,他会讲很多都洋人的故事。

　　在庐山自己什么时候吃过冰淇淋,记忆中竟没有了印象,因为庐山确实少有焦灼和燥热的时候。但是吃冰淇淋的那份舒适和惬意却是常有的,是每一次从炎热的山下乘车融进庐山扑面的绿色清凉时。

▼创办于 1910 年的"仙岩饭店"是庐山当时最豪华的饭店,里面配有西式家具、浴具、电灯。

▼宋美龄(左)、宋庆龄(右)、宋子文(中)。

美人鱼的夏天

夏天年复一年地来了。

沿着被常春藤密密匝匝攀缘着的石墙，从河西路走到脂红路。从前这路上一个旧大门已被封砌得了无踪迹。

大门很久以前就紧闭着，紧闭的院落毗邻着东谷电影院，也靠近教堂。旧的大门外歪歪斜斜挂着一个"游泳池"的牌子。东谷游泳池于1988年关闭，已经十年没有开放。游泳池有着船一样弯曲起伏的岸线，但它失去了水流，日久天长，像一条在正午的太阳下晒得无声无息的死鱼。

生活在庐山上的人，似乎早就忘掉了这个迂缓、沉静的院落。本世纪第一个春天，河西路上有一个簇新的大门彩旗飘飘地开放了，这是新营业的庐山体育宾馆。庐山无数的宾馆中又增加了一个。人们发现这个门与

▲1934年7月28日，杨秀琼来到庐山，谒见国民政府主席林森，这一行少不了轰动一时。下午"美人鱼"在芦林游泳池表演，观众竟有两千人之多。想想看，两千人汇集在游泳池边伸长脖子望花了眼，大概连牯岭街上的行人都走空了吧。

从前脂红路上的旧门关着的是同一个院落，人们这才蓦然想起来，游泳池哪里去了？从前我们玩耍的地方哪里去了？往后孩子们还能到哪里去游泳呵？

游泳，想一想该是充满了时尚与灿烂气息的运动。它与炎夏有关，与身体的线条有关，与柔情一样的碧波有关。从庐山气候看，适宜游泳的季节不过盛夏时一个月左右的时间，而且还只适宜中午下水，早晚水就很凉了。因为不热而且生活的快乐变得多种多样，所以建在二十世纪三十年代的东谷游泳池关闭之后，人们似乎并不介意。

直到有一天发现，游泳池彻底没有了，才不由得惆怅起来。

无论如何，庐山从前这个国际化的都市，时髦的水上运动曾有过热热烈烈盛极一时的时候。六七十年前的庐山，露天游泳池有三处以上。

二十世纪三十年代，有着"美人鱼"之称的跳水冠军杨秀琼小姐，她到省城南昌曾是一大新闻，省城下沙窝游泳场就是那时所建。庐山自

然比不上省城大，1934年7月28日，杨秀琼来到庐山，谒见国民政府主席林森，这一行少不了轰动一时。下午"美人鱼"在芦林游泳池表演，观众竟有两千人之多。想想看，两千人汇集在游泳池边伸长脖子望花了眼，大概连牯岭街上的行人都走空了吧。

1935年8月，庐山上竟然还举办过国际游泳赛，有英、意、日、美、德、俄、奥等国家参赛，共计有男子九项女子六项比赛项目。为了这次比赛，芦林游泳池新筑了钢筋混凝土池底，添设了喷水浴室、消毒洗脚池，在池沿架设铁栏铁梯，并添设了日光浴场和无线电收音机装置。一年后，芦林、大林两个游泳池和更衣室又进行了修整。为了方便游泳的红男绿女往返芦林游泳池，中国旅行社特地将轿子费用自旅行社门口到芦林游泳池每次往返减少大洋三角。芦林靠近俄国人的租界，白俄人一天不落地爱下水，那架势颇有些横扫一切。庐

▼游泳池浸润了一代代青涩的童年和一些不可名状的向往。

山人说外国人体质多好，不怕冷。

从前有一篇文章，写在 1936 年，作者取了一个"天涯游客"的笔名，文章名为《庐山风景画》，把一大段的笔墨留给了游泳池：

"芦林游泳池是庐山最宽大、最绮丽、最香艳、最著名的游泳场所。本来游泳是近年来暑期最流行的水国运动，夏季的游泳热，不仅是充满平地的繁华都市，这矗立半空的庐山，也很热烈地流行着。这儿距离牯岭极近，无数的男女，每日里奔向这儿，在柔静的池水里，尝试着水波的轻抚。一群群人鱼，粗壮的膀子、肥白大腿，拂着池水，优游浮沉，尤其在夕阳西下的时候，更是游泳者的活跃时期。淡红的阳光，轻吻着碧波，波纹里泛着穿着彩色游泳衣的人们，似乎是被风波动的。青碧草原里，闪摇着一朵朵娇艳的鲜花，透出那明媚风光，唯有知了，却在树枝头安闲地歌着昏暮的曲调。夏季暮色中的芦林游泳池，确是一幅画家不能临摹的自然风景画。

在高山有像芦林这般设备完全的游泳池，并不是一桩平凡的事。池的外面，环绕着一道竹篱，篱外种着些多叶的树，树荫下置放着些石凳石桌。篱的中段，一道竹门。池作狭长的方形，池水引用山泉，一端注入、一端放出，永远是那么清澄见底。更衣室、跳水台、消毒洗浴池，一切游泳所需的设备，应有尽有。空地上却遍长着遮蔽阳光的大树，树下安放石凳，倦游的人们尽可在这里恢复他们的疲劳。"

记到这里，就觉得自己不像是在写从前。那个似曾相识的场景里面，谁说游戏着的不会就是自己？

在我长大以后，在庐山能见到的就只有东谷游泳池了。其他的游泳池不知何时到哪里去了。东谷游泳池小巧别致、不拘一格，它的外形不同于任何一个中规中矩的长方形泳池。解放后，这里也举办过游泳比赛，为了拉直泳道，曾把弯曲的岸线炸直了一些。这个距"美庐"最近的游泳池，是宋美龄、马歇尔夫人、孔家小姐、宋子文的公子小姐频频光顾的场所，也是记者们热闹追逐新闻的地方。它的存在是某种生活不可或缺的装饰。

解放后，东谷游泳池持续对外开放。我遥想着一个大眼睛的小女孩趴在矮墙上，她真的是乖乖地趴着，但你分明感到什么东西正在她小小的身体里急剧生长。一条鱼儿，从她忽闪闪的眼睛里游出来，激击在游泳池的一泓碧浪之上。

小女孩小得一个人不能下水，但她很快长大了。她的愿望在坚定不移地生长。这个牯岭街杨子照相馆老板最小的排行第十的小女儿，生在解放后的第一年，她长到十二三岁了，能到峡谷里去捡柴了。开明的父亲每天给她五分钱，允许她可以进游泳池了。她汇进嬉戏的人群，把双足和身心彻底浸入清冽的池水中。

▲庐山脚下的温泉度假村是
　现代人游泳的新去处。

即使是在盛夏，池中引入的溪水也是冰凉的。哪怕嘴唇冻得青紫手指头上的皮肤打皱，哪怕粗沙的池壁硌得脚生疼，还想赖在池子里多泡一会儿不肯上岸。

游泳池浸润了一代代青涩的童年和一些不可名状的向往。

年代一天天久远，有一天游泳池终于难以维系。池壁池底开始漏水，漏

▼新建的宾馆屋顶是一片新鲜动人的蓝色，院子里还保留了一个新砌的水池子，装着浅浅的一池清水。这是隐喻的不易察觉的一丝怀念。

得没有办法修了。原先引进的天然溪水，因为污染后来发现突然不能再用了。引自来水吧，一小时要六十吨水，水费高得惊人。漏的水池子张开了庞然大口，水一放，附近的居民都供不上水了。门票的收入够不上支付基本的人员工资。1973年，游泳池旁边一排更衣室改成招待所，1999年，游泳池全部拆除开始建一所新的宾馆。

游泳池终归既不是文物也不是古物，存留是无关紧要的。

新开张的体育宾馆位置优越、干净舒适，人气很旺。新的宾馆屋顶是一片新鲜动人的蓝色，院子里还保留了一个新砌的水池子，装着浅浅的一池清水。这是隐喻的不易察觉的一丝怀念。住在宾馆里面，到了晚上，与朋友聊天聊得晚了，服务小姐柔柔的好听的声音从电话里传进来，提醒客人别忘了锁门。这样称心的住所，使人无须为一些无关紧要的事情费心。事实上，每天许多的东西飞速地在生长，许多的东西不停地在消失。我们大刀阔斧地改造世界的时候从来就不需要惶惑。

游泳池消失了，与之相关的遗痕和记忆也将慢慢湮失。它的变迁轻而易举地改变了人们曾经有过的生活方式和对待生活的态度。

▲总部设在南京的《中央日报》出过三个分版:北京版、重庆版、庐山版。庐山当时的地位可谓举足轻重。《中央日报》庐山版都登有什么内容,可惜在庐山图书馆里已找不到收藏。不过可以肯定的是,当年有关抗日的大量消息与讲话均发布于此。

《中央日报》暑期版

有一天，拿起一本书，翻到书上印的一张旧照片，照片下一行小楷字：民国时期的记者。这张照片上的人与事在过往岁月的任何日子，我们都没有与之相遇的可能。但我肯定地熟记了这张照片。

这是一张没有多少构图与心思的照片，拍下它的时候颇有点像快门走了火。按照画面推理开去，照片上六七个瘦高的男子正处在一个人群聚汇的重大事件的外围。清一色头戴礼帽、身着长衫的人物强化了人们的视觉记忆。画面上的男子在张望着或低头记录，其中两个人正在摆弄挂在胸前取景的翻盖式相机。那个相机现在看来是旧式的，但在当时肯定是最时髦的。

我想象不出当年拍摄者有着怎样的一双眼睛，这双眼睛终于在日后与无数次审视过这张照片的人进行了对视。

由这张照片想象过去,抗战前后庐山的夏天,满山遍野就是这般模样的记者。

《庐山续志稿》记载:"《中央日报》为适应环境需求,于二十六年七月一日起,另出《庐山版》。"《中央日报》是国民党党报,从上个世纪开始,报纸几乎每期都要准时送达蒋介石案头。公务之余浏览当日《中央日报》成了蒋介石的一种生活习惯。办报必须要有得天独厚的政治、经济、文化和地理的优势。总部设在南京的《中央日报》出过三个分版:北京版、重庆版、庐山版,庐山当时的地位可谓举足轻重。

民国二十五年之前,牯岭方面由京、沪、浔、南昌邮寄报纸到山上。沪报还有航空投寄山上的。住在山上的人们有舒适的环境和优厚的物质享受,却还像缺了什么。虽然各地的报纸都会送到山上,但毕竟太迟了。新鲜的东西总归是人人喜欢。

十九世纪下半叶,外国人最早到中国来办报,中国人见识了

▼在"美庐"别墅院内读书、阅报。

▲庐山谈话会后，蒋介石、宋美龄会见各国记者。

报纸之后，办报的热情一路飞涨。以上海为首的新闻业迅速地发达繁荣。各类中文报纸数量之多、种类之全不能尽数。《时报》《时事新报》《苏报》《国民日报》《警钟日报》《民权报》，还有老牌《申报》《新闻报》等大报，都声名卓著、闻名遐迩。一切重大和新鲜有趣的事件都依赖着媒体的传播和宣扬。报业与人的欲望需求贴得十分紧密。

河西路53号，现在是一幢解放后建的两层楼房。这幢房子样式普通得丝毫也不惹眼。但房子四周是高大的树木，绿荫掩映给这幢房子多少披上了一些神韵。这幢房子的原址上以前也是一幢两层楼的房子，因为拆了，它的样子如何就不得而知。原址上以前的两层

▲除了读报还读英文版的书籍。

楼,就是《中央日报》庐山暑期版办事处。这幢房子距陈布雷、宋庆龄、孔祥熙、李济深的别墅都不远。陈布雷是当时蒋介石侍卫室主任,他分管这张报纸,他的别墅与这里只是前后之隔,送审稿件很方便。美庐别墅也就在前面的百米处。

两层楼的房子有警卫把守。二楼是编辑人员办公室,出出进进都是那些"民国时期的记者"。下面一层是机房,从半夜开始,哐哐当当地开始印报纸。庐山的夜晚,清风与松涛的和鸣把这些噪音慢慢地消融殆尽。

《中央日报》暑期版每日出八开版,印数

为五千到一万份，其中二千份留在庐山，三千份运往南京。报纸的内容有国内外电讯、本山新闻，并办有副刊名为《庐山》。比之多为专记载妓女起居、游戏生活、戏馆京角的所谓"花报"和由 1919 年《神州日报》主人约张丹斧、包天笑等办的一张小型报《晶报》而言，《中央日报》严肃了不少。《晶报》的内容当时包括有短评、小说、笔记、俏皮话、剧谈、插画、名优名妓写真、衣食住行等，出乎意料地受读者欢迎。《中央日报》庐山版都登有什么内容，可惜在庐山图书馆里已找不到收藏。不过可以肯定的是，当年有

TIME
The Weekly Newsmagazine

PRESIDENT OF CHINA & WIFE

▲ 1931 年美国《时代周刊》以蒋介石、宋美龄为封面人物。

关抗日的大量消息与讲话均发布于此。

除了《中央日报》之外，其余南京《救国日报》《和平日报》、南昌《民国日报》《中国新报》《大众日报》《新闻日报》《九江型报》都在庐山设有分销处。《力行日报》仿效《中央日报》也出过庐山版。各报均在山上有特派记者采访。"中央通讯社总社"在牯岭设办事处，拍发牯岭的新闻电报。

山上的记者如此之多，由此派生的故事信手拈来，数不胜数。

蒋介石夫妇及马歇尔夫妇四人同游含鄱口，并举行野餐。蒋介石遇新闻记者，谈话间无意中流露一笑语，云"皮克力克"，即野餐之义。

宋美龄在夕阳辉映中前往庐山夏令营，与即将毕业离营的女学员叙别留念。这时适与驻牯岭的记者球队相遇。众记者推举一位女记者代表大家申请与宋美龄合影，宋美龄欣然许可。

马帅携宋子文之女赴"励志社"游泳池游泳，被记者包围在游泳池畔，留影数帧。

蒋梦麟到了庐山，一放下行装就被记者团团包围，他深感烦苦，于是给记者群说一笑话：昔日朱熹去见孔子，名片上写"门人朱熹百拜"，下加注解："朱者，姓也，熹者，名也，门人者，学生也，百拜者，百次顿首也。"孔子看了连呼"啰唆，啰唆"。记者群遂在一阵笑声中结束访问。

白崇禧招待驻牯岭记者，遇记者发问，于是连忙请记者看电影，用茶点招待记者来终止问答。

江西省主席王陵基离开牯岭前招待记者，他与来宾约法两章：一，不谈国事；二，尽量饮酒。

驻牯岭新闻记者，访问考试院戴院长，询问对时局有何高

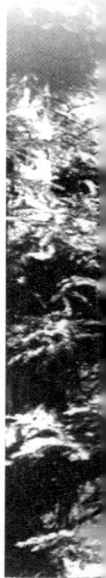

见。戴答："低见都没有，何况高见？"记者又追问院长近期在读何书，戴答："我是无书不读的。"因为在战后，书都没有了，故只好不读了。

记下这些只言片语的雪泥鸿爪时，由人去想象过去的世界沸沸扬扬、热热闹闹、五光十色。看来记者的行当真是不能缺少。当年儒雅的礼帽、拖沓的长衫一点也没有妨碍记者们辛勤操练，干着既是蜜蜂也像苍蝇的营生。名利场上的人，身边记者多了就开始不胜其烦，没有了记者说到底心里还是有些寂寞难耐。庐山，滋生了如此多的记者，想想还有什么事情不能发生？

▼这幢房子样式普通得丝毫也不惹眼。但房子四周是高大的树木，绿荫掩映给这幢房子多少披上了一些神韵。

▼三柳巢蔡廷锴别墅。

箭矢飞驶林中

汽车在窄窄的山道上行驶，沿途几乎没有什么人也没有车。初夏的蓝天丽日下，夹道两边铺满了金灿灿的野雏菊，在微风中尽情摇曳。这样的行程让人恍惚，让人在满眼的花每中有些不知去向。汽车疾驶的速度使人想到一枝箭在花丛和林海间的飞驰。汽车正像箭一般奔向茂林中的目的地——太乙村。

太乙村是什么地方？

花朵最茂盛的山道边有一处从庐山流下的溪水，溪水流到的这个地方叫白鹤涧，傍依白鹤涧散落着一些房屋，这是距太乙村最近的一个村落。村子里的八旬老人从前砍柴烧炭常年攀山道登上含鄱口，把炭挑到牯岭去卖。老人说那是有钱人歇伏的地方，后来被日本人炸成一片荒芜就再没有人去过。当地人经过那里绕道而行，连鸟也不往那里飞。

　　时间距太乙村被遗弃的二十世纪三十年代已经过了半个多世纪。《庐山续志稿》在对太乙村短短几十个字的记载中，末尾十二个字是"战后全毁，人世沧桑，可胜概焉"。

　　上世纪八十年代，一位摄影师登临含鄱口，用镜头在旷达与梦幻的山水之间推拉摇移，随后他顺着隐约的山间小道朝山下步行了将近二十分钟，这次意外的行走使他撞进了一大片奇绝而震撼人心的废墟。比起原始态的山民，摄影师多了寻找历史的能力和丰富的艺术想象力。这想象力日后辅助他依据残垣断壁一幢幢开始垒砌从前的别墅。摄影师成了开发和修复太乙村的第一人。在他之后，先后有五六批投资者前赴后继，历时二十余年，把太乙村修复成了如今颇具规模的样子。修复后的房屋已经显出有了年岁的旧情和韵致，石墙上爬满了枝枝蔓蔓的藤萝。

　　太乙村确实是一处清静和神秘的地方。直到今天，这里依

▼1922 年到 1930 年历时八年建成太乙村。整个太乙别墅群坐北朝南，既有修林的掩映又有通透的空气和阳光。

然游客不兴，林深径幽。那么从前这里被叫做"静庐"、"隐庐"，冥冥之中一定有缘由。

民国初年，在时局动荡和混乱中，十八位广东籍国民党将军或兵败沙场或失意政坛或者是厌倦尘世。他们知道天下还有一个庐山，还有一处空寂清静的美景，于是结伴来到庐山山南栖贤寺附近居住。不久，他们看中比栖贤寺景色更美、行人更少的太乙峰一带地势平缓的山地，便买下这片土地，开始建造他们理想中的世外桃源。

庐山文化中的隐逸文化正吻合了这些人的心境。"隐"的先决条件来于自身，若是一个胸无点墨身无所长的人，他怎么"隐"也还是个庸人。"隐"是自愿也可以说是迫不得已，但隐居是他们一个短暂的人生态度，"隐"或许正是为了"出"，为了调整身心重新整装上阵。

既然是隐居，便不求锦衣玉食。这些人一个个皆不同一般，有着大把的钱财，有着非凡的经

历,即使是存心避世、存心避俗、存心避人,也不能潦草地对待生活。他们成立了以刘一公、曾晚归为首的设计委员会,对别墅区进行总体设计统一规划。从1922年直到1930年历时八年建成太乙村。

整个太乙别墅群坐北朝南,既有修林的掩映又有通透的空气和阳光。十八幢别墅或背靠山崖或临依小溪或深藏于竹林中,每一幢别墅相距约五十米,由石阶小径把它们一一连串起来。这些别墅造型色彩构图各异,依据主人的个性而各具特色。每一幢房子都取有别致的雅号,屋以人传,顿生了灵性。村里依溪流和山势建成游泳池、琼池、练武场,村前和村后建有森严壁垒的碉堡。看来这隐居太富丽堂皇,让人怀疑这些人是否真的具备了隐者平静如水的心境。

▲蒋介石、宋美龄与史迪威在"桂庄"前。

►子弹飞驶林中掠过耳际的呼啸声格外清晰和扣人心弦。

刘一公、曾晚归的名字似乎还不太为人所知,但是十八幢别墅的主人大多说起来是赫赫有名,比如三柳巢的主人蔡廷锴,比如松庄的主人陈诚,比如柳生的严重,还有熊宅的熊式辉。十八幢别墅其他的主人有冯玉祥、胡宗南、阎锡山、白崇禧等等。不过这些都是零散而不够准确的记载。十八幢中还有最重要的一幢别墅,这就是蒋介石和宋美龄居住的桂庄。

写到这里,仿佛大戏才刚刚拉开。前面不过搭了一个舞台,添上了布景而已。

蒋介石竟然是太乙村的村民,这个隐庐之地因为他的出现被打了个七零八散。

太乙村村民与蒋介石都有些什么渊源呢?

蔡廷锴曾一度与李济深一起在福建成立"中华共和国革命政府",发动闽变,同蒋介石分庭抗礼。他与蒋介石的斗争似乎一生从没有停止过,蔡廷锴晚年的归属是共产党。

▲犇舍。

　　少年得志的严重,曾担任过黄埔军校教练部主任,国民党军事委员会军政厅厅长,为陆军中将。严重为人清高,超世不群,北伐结束后,因为看不惯蒋介石的所作所为,深感失望,遂辞职而去,最后落户太乙峰下。严重隐居太乙村时三十五岁,他在太乙村一待就是十年,正是男人一生中最黄金的十年。金子般的年岁换来十年面壁青山,这日子真是沉甸甸的说不出滋味。蒋介石两次去太乙村看他,蒋从前门进,他从后门出。

　　1936年夏天,冯玉祥将军在张家口组织抗日同盟失利后来到庐山。他在太乙村下面的玉渊潭巨石上写了著名的《墨子篇》,以告诫蒋介石。他后来隐居太乙村,并在巨石上刻下"隐庐"二字。

　　这些人个个与蒋介石格格不入。太乙村的另一处主人,抗日时的江防司令吴奇伟1948年也策划粤东起义,投奔了共产党。

蒋介石脸皮厚也罢，有涵养也罢，或者是政见不同人情尚在，反正他隔三差五地入住太乙村里的桂庄，与他的"对手们"相安无事，同村而居。

隐者的雄心从来就未曾泯灭。后来在蒋介石的力邀之下，这些隐士们又一个个重新出山。1号别墅的曾晚归出任庐山管理局局长，3号别墅的翁桂清出任广东海关监督，9号别墅的蔡廷锴升任第十九路军军长。严重被派到湖北省当代省长。冯玉祥出任国民党军事委员会副委员长。刘一公后来做过庐山管理局局长和庐山军官训练团设计组组长。

总体上说，蒋介石在太乙村是怡然自得的。他和宋美龄的别墅旁边有一溪流，所以他把自己的房子取名叫月泉别墅，后来宋美龄在别墅前种下两棵桂花树，这房子又叫做了桂庄。而且这桂花树也有些通人性，1973年蒋在台湾去世时，其中一棵突然枯死，另一棵现在还活着，有老态龙钟的树杆，也有新抽出的嫩芽。宋美

▲美龄池。

▼房间多得可以装下六个姨太太的吴奇伟的吴氏院。

▲在林中散步。

龄在房子不远处的一块天然巨石上还亲笔题下硕大的"太乙"二字。桂庄在太乙村称得上是最小的一幢别墅，上下两层大概也只有三个小房间。桂庄后面是地势高耸外观气派的曾晚归别墅"晚庵"，旁边不远是房间多得可以装下六个姨太太的吴奇伟的吴氏院。看来，从前蒋介石在太乙村休闲时还是有些雅性有些雅量的。但是他做梦也没有想到，有人在太乙村竟然想要了他的性命。这事在老蒋心中也料想得到，并非那些桀骜的将军所为，否则他在太乙村能有如此闲心？事情往往就是这样物极必反，住太乙村图的是安逸清静，这安逸清静在1931年的初夏以一种最激烈的方式被颠覆了。

中国近代史上有一位传奇人物叫王亚樵，他在上海滩成立斧头党，领导"铁血锄奸团"，擅长干惊险血腥的暗杀活动，有"民国第一杀手"的称号。历史上暗杀汪精卫、宋子文、唐有壬、日本大将白川、中将野村等事件均系王亚樵所为，而且干得是滴水不漏。刺杀蒋介石亦是他心中的一大目标。1930 年，蒋介石与国民党元老胡汉民矛盾激化，胡的亲信密谋行刺蒋介石，国民党行政院院长孙科也赞同此举，并愿意为刺杀活动提供巨额经费。他们也想到，欲刺蒋非王亚樵不可，两者自然是一拍即合。

王亚樵受命后，开始周密策划，在南京、庐山、上海都设有行动小组伺机下手。1931 年6 月，蒋介石欲乘船去庐山，下榻太乙村。探得此消息，王亚樵心中大喜，立即派人去庐山布阵。太乙村不像美庐那样警戒森严，身处太乙村的人身心松弛，而且从地理位置看，它的四周多茂林修竹、怪石清

▼1936 年8 月，蒋介石与冯玉祥在庐山。

溪,实在是一处理想的行刺场所。

上庐山一路关卡重重。王亚樵手下买来金华火腿,把里面挖空,塞进手枪子弹然后缝好,涂上一层盐泥,伪装得天衣无缝。行动小组的人装扮成游客,把武器顺利带上山,随后杀手潜入太乙村。真是求胜心切,大意失荆州。枪取出来了,火腿却粗心地被随意扔进了草丛。蒋介石侍卫在山林间偶尔发现了一只挖空的火腿,立即引起了警觉。

一日,蒋介石在林中散步,在巨石后埋伏已久的杀手陈成正在附近伺候。这是一个绝好的机会。他握紧手枪,瞄准目标。不料,蒋介石的侍卫这时好像有所察觉,突然转过身护送蒋往回走。陈成心里一急,他不愿失去这千载难逢的好机会,便冲上前去,连开了两枪。结果是两枪都没有命中,他自己反倒在侍卫的乱枪下毙了命。

蒋介石吓得魂飞魄散,好在是有惊无险。看到杀手被击毙,蒋介石镇

▼五老峰下海会寺。

◀康有为晚年曾到太乙村。

定下来，命手下将刺客埋在附近，并且不许声张此事。事后蒋介石密令戴笠迅速破案。

　　说起来戴笠还是王亚樵的弟子，早年，戴笠进黄埔军校是王亚樵亲自送他去的。戴笠很容易想到刺蒋系王亚樵所为，但苦于没有证据，于是他警告王亚樵说："如果你想谋害领袖，我一定杀死你。"这句话若干年后兑了现。王亚樵后来果真在广西一家旅馆被暗杀，主持杀他的人正是戴笠。真是恩恩怨怨、是是非非，说不清道不明。

　　清脆的枪声划破了太乙村的宁静，子弹飞驶林中掠过耳际的呼啸声格外清晰和扣人心弦。这个飞驶的过程急促又很漫长，它似乎一直在飞行，飞行在半个多世纪的时间里，期待着命中目标的那一刻。

　　陈成不知埋在哪里，许多的秘密也就永远被埋藏。太乙村倒是有一处墓是曾晚归的养子所葬之地，这墓毗邻"晚庵"。从前做官之人多文采，比如曾晚归写得"山中卧，冷被和云裹""人天凄断，大暮长昏"的佳句，他为养子写的碑文催人泪下。这些个人物和才情统统作了一颗子弹飞行的背景。将军们悉数散尽人去楼空，断墙残壁付与萋萋芳草。结果是，有多少人穷尽一生能如愿中的？

▲五老峰下海会庐山军官训练团大门。

阁中书

长冲河从前清澈、激情的奔涌如今似乎变得有点混沌和懈怠了。谁能说清楚它到底流淌了多少年呢？时间像筛子一样一点点减弱它的声息，乱石裸露着光滑而沉默的脊背，但溪水还在往前流着，还能发出潺潺的声音，还能引着你从庐山最精华的东谷一带的柏油路顺势往下行走。

从这条路往下走，必经过协和礼拜堂、美庐别墅和林赛公园风韵犹存的踪迹，然后到了一片丛林环抱的开阔地。庐山最为庄严的三大建筑在这里携手相依。最先看到的是庐山大礼堂，然后直角拐弯的是三栋联立的中国宫殿式两层楼建筑，这是民国时期创建的庐山图书馆。庐山图书馆前面排列整齐的冷杉、云杉、龙柏苍劲高耸、浓荫如盖。从这些珍贵树木的年龄人们不难想象一些逝去的岁月。这是一条暗的甬道，暗得容易使

▲蒋介石视察军训团新建的"庐山大礼堂"工地。

人忘却了阳光。沿着林荫路往前走,是八十级长台阶烘托的庐山大厦。这座大厦是中国名山上最大最高的建筑。有一本书上把它称作伟大的建筑。"伟大"让人感到这个词带给人的庄严凝重。它是从前的国民党庐山军官训练团旧址。蒋介石题额为"传习学舍"。三大建筑环拥着一个大广场,受蒋介石检阅的党政军人员,从传习学舍的台阶上可以直线下到广场上。

历史在这里应该依然是看得见摸得着的。中国近代史上最具特色、最具深度,代表着庐山最具优势的文化内涵似乎全部撒落在长冲河的两岸。然后在这片开阔地作了一个深深的停顿和回旋。

从前,这里我来过很多次,在没有经过谙熟历史和寻找历史的艰难时,它存留给人的仅仅只是宏伟、显赫的外观。你一直知道它,但从来不曾了解它。庐山大礼堂解放后人们都习惯把它叫做"会址"。传习学舍就是国民党的中央党校,它在 1946 年被命名为"庐山大厦",二十世纪八十年代这里改造成了一家宾馆,内部结构变动较大,里面的房间和过道低矮、逼仄。后来有当年在这里住过的人找回来了,在里面已面目难辨。好在外面窗框还是原来的,那就数窗子吧,数到第几了,然后叫起来:我就住在这里面!

爬上大厦最上端的穹顶,看到从前留下的老玻璃,玻璃里面镶着鱼刺一栏的钢丝,玻璃被鱼刺拉着,裂开了也不会碎。站在屋顶的尾部,大厦看上去像极了一艘在静寂绿色中行驶的货轮,正前方有高高的桅杆。庐山图书馆现在是宾馆附属的商场和桑拿室,外面作了一些提示,告诉游人从前这里是"蒋介石图书馆",供人免费参观。游人走进去了,是满眼琳琅的旅游纪念品。我在这里买过一把紧

▶传习学舍就是国民党的中央党校,它在 1946 年被命名为"庐山大厦"。

▲在三大建筑之间徘徊,最终回到了图书馆,这是三者中的灵魂。你知道这里从前有什么,你不知道这里现在是什么,暗红色的木楼梯一定会牵引人攀登的欲望。

密的木梳子,因为紧密,这把梳子梳理长发并不容易。

往上追溯,这块地的名字叫"火莲院"。火莲院再早的时候是弥陀庵。明万历年间,火莲院殿宇辉煌,容僧三百人,后因供养不给,僧去院废。既然曾有过如此兴隆的庙宇自然是不俗之地。1933年的暑期,刚刚住进美庐别墅不久的蒋介石,用几分钟时间从美庐步行到这块风水宝地。他看到这里背倚金字塔形的高峰,两侧丘岭如同卧虎双臂环抱。两泓清溪从竹林庵和医生洼的高处流下,在此汇集。天然地势无以复加的壮丽。

据山中人说,民国二十二年暑期,蒋介石在此缓步扶杖,沉默徘徊,状有所思。庐山图书馆建筑基地选址出自蒋介石的决策,并手谕"庐山图书馆"。三大建筑中,庐山图书馆是建得最早的一座,然后是传习学舍,最后是庐山大礼堂。这座图书馆是庐山东谷第一个由中国人设计，中国的建筑公司场荣猷营造厂兴建的大型建筑，建造时日夜加班，历时一年，耗费三十万元。三栋联立的两层楼琉璃瓦建筑，正面看庄严堂皇，由空中俯瞰全部建筑轮廓如同陆上飞机，现出展翅欲飞的姿态。有一张照片是 1934 年冬天的雪景，蒋介石身穿长袍马褂在庐山图书馆的建筑工地巡视。

　　客观地说，蒋介石是一个重视文化教育的人，他讲究中国传统文化的孔孟之道，推崇近代英雄曾国藩、戚继光。蒋经国从俄国回来后，蒋介石首先要他学习中国历史，并斥责蒋经国的毛笔字写得不像样。但他的所作所为均出于野心勃勃地实现他的政治理想。

　　从 1930 年到 1933 年前后，蒋介石对共产党红军策划了四次大"围剿"，均以失败告终。1933 年，蒋介石在庐山创办军官训练团，指向性十分清楚，训练的这支队伍用来对付共产党。庐山训练团在五老峰下海会寺，而高级将领及大中学校长、训导主任的训练则在山上的传习学舍。当年的庐山孩童看到了一群群让他们惊诧的青年军官，穿着的是两条裤线可以切豆腐的笔挺长裤。那些学员们可谓是百里挑千里选。培训班所学为

▼庐山大礼堂。

▶抗战爆发前,蒋介石在庐山向"三青团"讲话。

军事战术、战略和谋略。课目有《中国之命运》《国父遗嘱》等。军训团训练的突出主题是:确定对"唯一的最高统帅"的"绝对信仰"、"绝对服从",蒋介石要培养的是效忠于国民党,并能为他的政治决策服务的军界中流砥柱。三连体图书馆,中间为藏书阁,两边为阅展室,学员们在此借阅书籍,在强化训练中期望担当将来的重任。蒋介石原想训练出一支骁勇善战的军队,但偏偏这些军官在解放战争中一个个成了共产党的败将。

1934年7月,蒋介石在庐山开办第二期庐山军官训练团。与第一期相比,在外敌当头之下,其注目焦点发生了变化。主要灌输的是民族意识,其中包括日本侵华的历史、抵抗侵略的战略战术、军队的精神力量等等。在庐山训练期间,蒋介石先后发表了《抵御外侮与复兴民族》《民族战争取胜的要诀》《御侮图存之要诀》等讲演。

庐山训练团在未来对日决战中，也起了作用。

蒋介石认为庐山带给了他好运。

蒋介石钟爱庐山一定有他的理由。蒋介石认为，过去对红军的"围剿"和后来抗日战争的胜利，"都是庐山训练团五年暑期训练所获得的效果"，"是中华民族起死回生、转危为安的唯一枢机"。他把礼堂门前的广场命名为"建国坪"，道路为"建国路"，桥为"建国桥"。1937年狼烟四起的日子，蒋介石离开庐山，直到1946年日本人投降后，他以胜利者姿态重上庐山。

历史选择了共产党。1948年8月，在内战中节节败退的蒋介石最后一次离开了在感情上难以割舍的庐山，他知道自己可能永远也回不来了。

时间风化了人的记忆。凡是顽强的东西终究在顽强地留存下来。

在图书馆大门前栏杆出口平台，有左右分流的石台阶，石

▼1933年7月18日，蒋介石站在巨石上对庐山第一期受训军官训话。

栏板上面刻了"必恭敬止"四个大字,这是 1938 年 8 月 13 日上海抗战一周年时,孤军坚守庐山的国民党部队团长胡家位的题刻,它强烈表达了怀念祖国河山、与日军奋战到底的决心。日军侵占庐山后,庐山图书馆是日本警备司令部。奇怪的是,就在日本人鼻子底下的"必恭敬止"竟没有被毁坏。

这是历史挥之不去的硝烟。

书籍是承载历史的。而且对越是渐远的史实,我们越能够正视它,越能够看清楚。在三大建筑之间徘徊,我最终回到了图书馆,这是三者中的灵魂。你知道这里从前有什么,你不知道这里现在是什么,暗红色的木楼梯一定会牵引人攀登的欲望。上楼之后,是一间间食客散尽的餐厅。油渍的余味烟尘般匍匐在墙面上桌面上,这味道让了解近代史的学者痛心疾首,虽然饭菜的味道对每个人都那么重要那么不能缺少。

书与饭,我还是找到了两者的共同之处,广义上它们有同一个名称——粮食。

▶1937年7月在庐山脚下接受检阅的部队即将奔赴抗日前线。

▼石栏板上刻着"必恭敬止"四个大字,这是1938年8月13日上海抗战一周年时,孤军坚守庐山的国民党部队团长胡家位的题刻,它强烈表达了怀念祖国河山、与日军奋战到底的决心。

▲抗日战争的全面爆发,终于使三姐妹走到
了一起,共同视察大轰炸后的街市。

发自庐山的声音

1

二十世纪，历史以最沉重的笔墨记录了人类的一大悲剧：法西斯暴行。对上个世纪的中国人来说，民族命运与个人命运紧密相关。这一大悲剧在许多人的个人命运中往往成了一个死结。而历史就是这样一页一页翻过来的，它不能缺少和回避其中的每一个章节。

对一般的年轻人来说，现在"日本"是一个很中性的词，它缺少爱和恨的情感。最早传说，秦始皇东巡到渤海湾的山海关，面对大海茫茫远眺。至高无上的权力使他能拥有一切但唯独不能拥有不死的生命。在这一点上，时间对每一个人都是公正的。秦始皇相信能在东海里找到长生不老的灵丹妙药。他派出庞大的船队，带

了五百童男五百童女东渡寻宝。灵丹妙药自然没有找到，船队遇上狂风巨浪辨不清方向，他们漂泊到一片岛上落下脚，再也没能回去。五百童男五百童女在岛上生息繁衍，世代生存。岛的名字后来叫做了"日本"。自大的中国人始终认为日本是从中国大陆分出去的一支旁系，这从日本人的民族着装、日本的传统建筑以及与汉字相似的日文中似乎是得到了无可辩驳的证据。

日本岛小得像是一只虫蛹，明治维新的成功和军国主义的迅速膨胀，使这只虫蛹变得肥肥壮壮。近代鸦片战争，西方列强用枪炮轰开了中国的大门，泱泱大国经历了从盛到衰从强到弱的屈辱。傍依在中国边上的虫蛹自然不甘示弱，它窥视已久中国这片硕大的叶子。

———————————

▼蒋介石在庐山视察。

◀宋庆龄 1937 年在庐山。

蒋介石统治时期，日本帝国主义者向中国举起了屠刀。此时，它早就不去理会当年五百童男五百童女从母体出走的传奇。

那个时代离现代人越来越远了。史学家说，历史实在是个很奇怪的东西，当你和它距离太近时，反而会笼罩在它巨大的阴影下，难识庐山真面目，倒是慢慢远去的时间，悄悄洗去它身上许多黏附的铅华，还原其本有的色彩。从这一意义上说，我们现在，离那个时代又还是太近、太近。

自从甲午战争中国输给日本后，中国人的抗日情结从没有间断。同样，日本帝国主义对中国的蚕食也从来没有停止过。日本军国主义亦频频抬头，并向着法西斯暴行的极端发展。日本军国主义倾向及武士道精神曾给当时

留日的中国学生留下深刻印象。实际上中国的许多职业军人都是从日本学成归来。中国注定要与日本决一死战。以其人之道还治其人之身,八年苦战后赢来抗战胜利,中国人终于有机会还日本人以颜色。

2

上个世纪上半叶,在中国历史上是一个离我们很近的时代,是最为动荡的时代,也是一个内容极为丰富的时代。政权更迭、事件频发,战乱绵延,山河破碎,社会机制和社会观念的变化,使很多人自觉或不自觉地参与和卷入到历史进程中,扮演着各种各样的角色。

在乱世中崛起的蒋介石,一生中光彩的一笔就是继承先总理孙中山

▼1930 年 12 月的庐山冰天雪地,蒋介石
　上庐山住在脂红路的别墅里。

▶中原大战之后,活跃在江西的共产党成了蒋介石的心腹大患,他把最坚利的矛头指向江西。

先生的遗志,国共合作,在共产党人的支持下率军北伐,击溃北洋军阀,完成南北统一。虽说这种统一并不牢固,各路军阀、武装有的是易帜有的是改编,未必是真的心诚口服,所以导致了日后在蒋介石统治时期,军阀内部混战不断。国民党政权一天也没有安稳过。

北伐军是一支胜利之师,在挥师北上途中,明明是在中国的土地上,却遭到日本人的蛮横阻拦。1928 年,日本人制造"济南惨案",中国人仇恨的种子已经发芽。日本人强占济南,残杀我军民四千多人,冲进国民党战地外交公署,将国民政府特派交涉员蔡公时等十七人捆绑毒打,惨无人道地割去耳朵和舌头,然后全体枪杀。北伐军不得不绕道而行。这件事强烈刺激了中国人。

▲西安事变爆发前,蒋介石与张学良在一起。

▶三千日夜，两千万血泪。蒋介石抗战时亲临各地视察军事基地，鼓舞士气。

　　位处权力中心的蒋介石一方面依附于英、美等国家，另一方面，他背叛孙中山遗志，对共产党实行反革命屠杀，共产党人奋起武装反抗，建立起革命根据地。中原大战之后，蒋介石把最犀利的矛头指向江西。活跃在江西的共产党成了他的心腹大患，他显然低估了红军的力量。

　　1930 年 12 月，蒋介石开始对中共根据地进行第一次大规模"围剿"。12 月的庐山冰天雪地，蒋介石偕宋美龄与国民党要员周佛海、陈布雷、邵力子、吴稚晖等同上庐山策划"剿共"战略。蒋介石这时还没有美庐，他住在脂红路的宋美龄别墅。

　　1931 年，对积重难返的旧中国来说又是一个多事之秋。国内国际形势再趋紧张，国共内战渐趋激烈、宁粤之争愈演愈烈、日本人的铁蹄日甚一日地踏遍东北。而这一

▲1937年7月18日，蒋介石在庐山海会军官训练团毕业典礼上重申抗日立场。

年，长江流域爆发了百年一遇的大洪水，"天灾人祸，怵目痛心"，"外侮纷来，内乱频乘"。尽管这样，蒋介石仍全力经营着"剿共"军事，强调并推行"攘外必先安内"的政策，引起全国社会各阶层的强烈不满。

3

尽管每一个当权者都不希望自己统治的土地上充斥枪炮和血泪，但战争是不可避免的。既然要打，只是怎么打、什么时候打的问题。蒋介石对内急于扫除中共武装，对外面对一个以弱对强的困境，缺少一支足以战胜日本帝国的国防力量。"九·一八"事变和"一·二八"事变，蒋介石执行了对日妥协政策。蒋介石还抱幻想寄希望通过外交途径解决日本问题，向国际联盟提出交涉。国际联盟召开会议，中国虽然在会上获得广泛同情与支持，但疯狂的日本强盗根本不予理会。英、美、苏等国不满日本对中国东北的独占,但没有谁愿意冒险为中国火中取栗。国际联盟只是空泛地要求日本撤兵的决定成为一张废纸。

国土的步步沦陷,国内舆论一片哗然。"九·一八"丢了东三省,北京学生赶到南京请战,蒋介石接见了这些学生。这个场面拍成了一张著名的照片,照片上蒋介石沮丧地低着头。老的疮疤没好,新的伤痕又历历在目。蒋介石许诺中央军一定会给爱国学子一个说法,他沉痛地说:"三日内不出兵,

1937年7月17日,在庐山图书馆礼堂前,蒋介石身着挂满勋章的戎装,发表抗战宣言。

▲宋美龄与孤儿在一起。

▼宋美龄为抗日前方物资缺乏的将士缝征衣。

砍我蒋某人的头以示国人。"当然,这只是一个荒唐的许诺,因为中国军队真正扩战,是在六年以后。"九·一八"事变后第四天,蒋介石从"剿共"前线归来,在中央大学礼堂上说,三个月内一定收复失地,如果收复不了,他将亲自上前线堵炮眼。台下一血气方刚的学生说:"不要言过其实。"全场顿时愕然。有人冲过去,将这位学生揪上

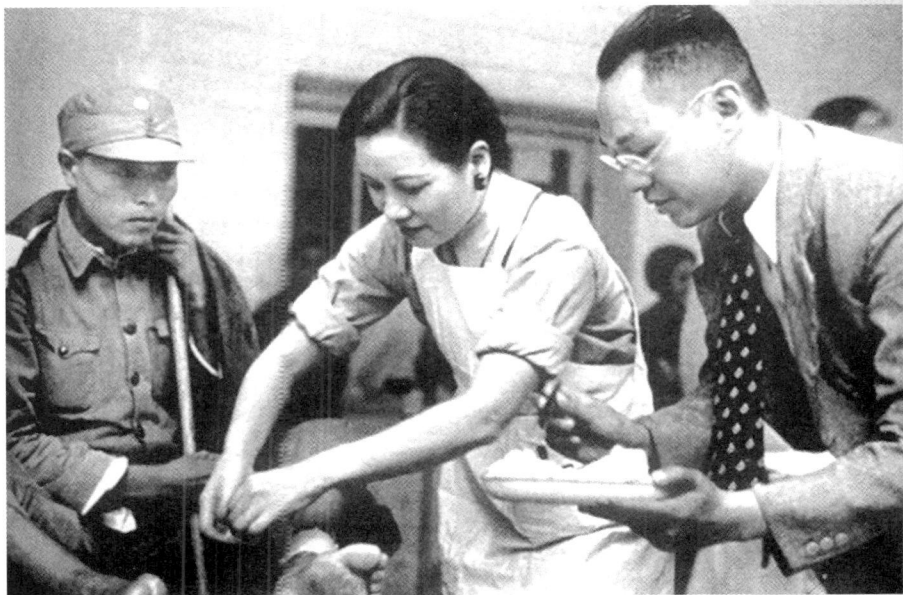

▶宋美龄创立妇联会,穿梭于后方伤兵医院。

台去。盛怒之下的蒋介石,当众扇了他两个耳光,然后让他对着孙中山遗像三鞠躬。以上两个情节记载在作家叶兆言的文章里。他说:"这个细节充分体现了蒋介石身上的浪漫主义,他的风度有时不像领袖,而更像侠客和浪人。"

经历了百年屈辱的中国人民,再也无法容忍失去东

北的奇耻大辱。民众的呼吁、学生的请愿，深深震撼着南京政府的决策者。1935年，国民党召开第五次全国代表大会，在全国上下一致要求抗日的舆论迫使下，蒋介石在会上提出："和平未到完全绝望时，决不放弃和平；牺牲未到最后关头，亦不轻言牺牲。""最后关头"，一方面表明蒋介石仍力图避免冲突，拖延中日决战时间；另一方面，也为其妥协退让政策确定了一个限度。

◀从日军大轰炸之后的防空洞走出。

Portrayal of Lushan Mountain

◀蒋、宋两人出席各种活动。

4

中央红军主力被逼长征后,只有几万人。蒋介石已不再视其为军事上可以抗衡的对手。他忽略了一点,在黄土高原上可以存活的植物是有极强生命力的。国民政府认为,八年"剿匪"之功,两星期或顶多一个月就可大功告成。在外敌当前之下,蒋介石也着手寻求与中共直接接触的途径。如果在谈判桌上不能迫降中共则用武力解决,他急于尽早解决中共问题。从战略意义看,中共的存在,既可以借改变对中共态度谋求与苏联的和好,又可借助苏联对中共进行有效制约。

在一边谈判的同时一边又开着火。蒋介石极力关注和控制着西北局势。1936 年 10 月,在处理完两广事件后,

蒋介石匆匆飞抵西安,督促"剿共"军事。虽然他已感到西北部的离心,但仍没有料到,一场巨大的风暴正向他袭来。12月12日,古城惊变,与共产党修好的张学良、杨虎城捉蒋兵谏,迫使蒋介石停止内战,一致抗日。"西安事变"在国内外掀起轩然大波。南京方面处在强硬派与妥协派针锋相对的十字路口。强硬派决策任命何应钦为讨逆军总司令,誓师"督率三军,指日西上"。南京和西安的武力对峙把全国再次推到了内战的边缘。

南京方面强硬派立场、蒋介石顽梗不化、西方各国及苏联的谴责,乃至实力派的暧昧态度及觊觎权位者蠢蠢欲动,是张、杨激于民族气概发动事变后所始料不及的。严峻的现实使他们不但无法实现在全国联共抗日的计划,而且面临着引发大规模内战和内乱的危险。本着对国家民族负责的态度,在捉蒋当天,张、杨就向延安方面发出电报,请求中央派代表团赴西安共商大计,他们急切地盼望着中共代表周恩来的到来。同时张学良致电南京,请宋子文、宋美龄赴陕洽商,并绝对保证蒋介石安全。

▼ 1939 年 4 月 19 日,日寇占领庐山后在仰天坪荒地上竖立"占领记念"纪念碑。抗日胜利后,此碑倒置陈列,以警示后人。

▲1937 年 12 月 8 日的早晨,星子县靠鄱阳湖的紫阳门到南门的城墙上挤满了人。他们看到了一架水上飞机降落在湖面。

　　中国共产党以民族大义为重,认识到解决"西安事变"的两个前途:一是发动内战,全国抗日力量削弱;二是结束内战,一致抗日。后一个前途当然是人心所向。

　　周恩来作为当年黄埔军校政治部主任,与校长蒋介石的关系颇为微妙,是对手也是合作者。中共与国民党历次谈判皆是周恩来从中周旋,周恩来多次登上庐山也是因谈判而来。周恩来为和平解决"西安事变"做了大量的工作。"西安事变"的发生客观上主导了此后中国历史的发展方向。

　　"西安事变"严重挫败了蒋介石,对此事他难以平心静气。12 月 25 日,张学良陪同蒋介石在稀稀落落的鞭炮声中返回南京。回到南京后,蒋介石背信弃义,软禁了张学良,暗杀了杨虎城。蒋介石与张学良的恩恩怨怨是解不清的,蒋介石在张学良的后半生中始终没有杀张学良,又始终

不放张学良,这和中原大战中张学良护蒋和"西安事变"中的囚蒋分不开。

"西安事变"后,全国上下所表现出的抗日热忱对蒋介石有很大触动,也使他对全国民族救亡力量有了新的总结和认识。他不得不认真反思自己的对日错误政策。

有关研究认为,从这一意义上说,由于各方的努力,"西安事变"加快了中华民族抗日力量的凝聚进程。事变中,各党派捐弃成见,达成空前的统一。另一方面,"西安事变"震惊国内外,中国的国策在事变中进行了一次大曝光,其对日政策再无隐蔽退让的余地。

大战的爆发迫在眉睫。

1937 年 1 月,"剿共"军事中止。国共两党关系转暖。

5

1937 年 5 月 27 日, 在庐山最美的山花烂漫季节蒋介石回到了"美庐"。在清幽的环境中,他一面继续治疗在"西安事变"中跌伤的脊背,一面紧张地处理、思索攸关国运的大政方针。

6 月 8 日,周恩来应邀到庐山,再次就国共合作与蒋介石谈判。同时,国民政府大员倾巢出动,聚集庐山。蒋介石向全国著名大学教授和各阶层各党派领袖人士发出邀请,请他们上庐山共同探讨对日策略以及内政问题。这个会议就是著名的"庐山谈话会"。关于"庐山谈话会",当年电影纪录片的片头标题是《牯岭时期谈话会举行》,《中央日报》的报道标题是《庐山谈话会昨晨开幕》。参加这次会议让人熟知的名人有一大堆:胡适、梁实秋、马寅初、张伯苓、竺可桢等等。会议请柬 6 月份寄出去,会期定在 7 月 15 日,可会议还没有开始,"卢沟桥事变"就爆发了。

　　庐山虽然山高谷深,但现代化的交通、通讯设备将国内国外的最新消息适时传递至山上。7月7日夜发生的"卢沟桥事变"很快就报告到蒋介石这里。时任行政院政务处的何廉回忆,7月8日晨,他在睡梦中被宣传部长邵力子唤醒,告之日军发动"卢沟桥事变",促其往蒋介石处请示新闻报道口径。蒋此时已在办公室,并"知道事变的详细经过"。他要何廉转告邵力子,尽量据事实报道,"没有限制"。何廉此时立即感到蒋介石已决心抵抗日本侵略。如果不是如此,则必定尽量小心,以免刺激国人。7月8日、9日,国民党各部一级戒备向石家庄、保定方向开进。

　　日本人的刺刀已经刺到了中国人的咽喉。"七七事变"第二天,中国共产党向全国发出通电,要求全国人民团结起来,筑成

▼乘小船离开专机。

民族统一战线的坚固长城。

7月13日,周恩来应蒋介石之邀再抵庐山,向蒋介石面交了《中国共产党为公布国共合作宣言》,表示将共赴国难,红军待命出动,随时准备接受改编,奔赴抗日前线。在中国共产党的全力推动下,全国抗日潮流汹涌澎湃。蒋介石知道共产党的主张是民心所向,自己在这个节骨眼上再不表示抗日,必将被中国人民所唾弃。

本意利用暑期余暇及风景幽胜之环境,以开拓心胸、披诚商榷的"庐山谈话会"骤然间气氛紧张。"战乎?和乎?"牯岭成为中外注目的焦点。庐山上,"最受人注意的是挂着'五老峰徽章'的茶会客人","牯岭有何决定?"这是中外人士都要问到的问题。

7月17日上午9时,谈话会的最后结论是什么?众人肃静的目光期待着。在庐山图书馆礼堂前,被各界人士抗日激情所感染的蒋介石身着挂满勋章的戎装宣布:"我们希望和平,而不求苟安,准备应战,而决不求战。我们知道全国应战以后之局势就只有牺牲到底,无丝毫侥幸求免之理。如果战端一开,那就是地无分南北,年无分老幼,无论何人皆有守土抗战之责任,皆应抱定牺牲一切之决心。"

在庐山发表的这个对日抗战宣言,显示了中国人民奋起应战的严正立场,得到国内上下的一致称赞,标志着历史的又一个转折。尽管这是一个被迫的迟到的宣言。

从顽固坚持"攘外必先安内"、"围剿"红军到与中共谈判联合抗日,庐山见证了蒋介石这个复杂艰难的心路转变历程。

"八·一三"后,日本人的飞机开始肆无忌惮地轰炸南京。8月20日左右,蒋介石在庐山又找了几个党派的领袖开会。这次开会时，庐山已经实行了灯火管制，所以会上黑灯瞎火。梁漱溟、傅斯年、沈钧儒等都参加了这次会议。周恩来作为毛泽东的代表这一次也上了庐山。天津的张伯苓先生在会议开始后第一个发言说："是不是各党派全在？我们今天签字，各党派不再斗争，团结一致，共同作战，我们全体签字，来来来，我头一个签。"黑暗中的心境被抗日的激情点燃。人们对政府的期待不仅是慷慨言辞，更是携手迈向抗日前线的步伐。

　　8月，蒋介石同意中共要求，答应红军改编为三个师，完全由中央领导。22日，国民政府正式发布改编命令，红军改编为国民革命军第八路军，朱德、彭德怀分任正、副总指挥。9月23日，蒋介石发表谈话，表示："中国共产党人既捐弃成见，确认国家独立与民族利益

▼乘车往庐山脚下飞驰。

之重要。吾人惟望其真诚一致，实践其宣言所举之诸点，更望其在御侮救亡统一指挥之下，人人贡献能力于国家，与全国同胞一致奋斗，以完成国民革命之使命。"蒋介石的谈话公开承认了共产党的合法地位。

由中共倡导的，以国共合作为基础的抗日民族统一战线正式形成。

"庐山谈话会"五十四年后，中国共产党诞生七十周年前夕，由中共中央党史研究室著，胡绳主编的《中国共产党的七十年》一书

◀在观音桥行馆，蒋氏一行住了两宿。蒋介石明白，庐山不久也将陷落于日寇手中，蒋介石、宋美龄在此种下了两棵柳杉。这是悲苦沉痛的纪念。

▶八年抗战结束,人们瞩目和期待着能给苦难民族带来和平的重庆谈判。

中对蒋介石决策抗日的历史有如下评价:"国民党最高领导人承认,第二次国共合作实现抗日战争,是对国家民族立了一大功。国民党当时是执政党,拥有两百万军队,国民党当时的政策转变,对抗日战争的全面展开有着重要意义。"1937 年 7 月 17 日庐山谈话会上的宣言,不仅为历史所肯定,也给庐山的近代史写下了厚重的一笔。

6

在日寇磨刀霍霍之下,即使是庐山的青山绿水也无法平抚人的心绪。萦绕在蒋介石心头的是与日本怎么打的问题。他注意到强大而狭小的日本与羸弱而辽阔的中国是一对矛盾,这在制定战略上是必须考虑的关键。1937 年年初,国民政府制定的《1937 年

度国防作战计划》已明确提出"持久消耗战"计划,蒋介石强调:步步为营,消耗敌人,争取时间,以时间换空间。

中国人民开始了艰苦卓绝的八年浴血奋战。

那段历史的每一个日子似乎都紧紧相逼,留有深深的刻痕。

作家罗时叙在《庐山别墅大观》一书中介绍观音桥蒋介石行馆一节中记载:

"1937年12月8日的早晨,星子县靠鄱阳湖的紫阳门到南门的城墙上,挤满了人。他们看到了一架水上飞机降落在湖面……

不久,蒋介石、宋美龄上岸了。他们是从被日军重重包围的南京,冒着炮火起飞的。

九辆一律黑色的小轿车往庐山脚下飞驰。中间那辆坐着蒋氏夫妇。

在观音桥行馆,蒋氏一行住了两宿。电报、电话不停地来去……蒋介石还在指挥守卫南京的中国军队突围。他还命令先于11月29日撤到汉口的陈布雷来牯岭,起草有关文告。

蒋介石明白,庐山不久也将陷落于日寇手中,11月9日,他夫妇俩,种下了两棵柳杉。这是悲苦沉痛的纪念。

10日,侍从室轿队把蒋、宋抬上了庐山。

11日、12日,蒋、宋游览了五老峰、汉阳峰。

12日晚上,南京雨花台失守。

13日,蒋氏夫妇离山,乘轮赴汉口。此日,南京陷落。"

……

上海抗战失利南京政府暂移武汉之后。此时的1938年

5 月,宋美龄邀请中共代表邓颖超等上庐山参加"全国妇女谈话会",动员妇女界投入抗战,危急声中的庐山又成为了热点。

1938 年 6 月 26 日,长江要塞马当失守。独陷九江城内之我部队,与敌人血战一昼夜后奉命突围。同日,九江失守。赣保第三团奉命固守庐山。28 日午后,全团登庐完毕。在炮火正急中,身为江西保安处副处长,已授予少将军衔的蒋公子蒋经国两次登上庐山,亲临阵地。两次上庐山后,庐山守军的热血强烈感染了蒋经国,他甚至打算率兵上山打游击,誓与庐山共存亡。

战地记者孙家杰从庐山发出了当时的报道:庐山已三面被围了,通牯岭的道路共九条,现已断绝其八,如果连现在仅有的一道羊肠绝径,一旦也断绝了的话,那庐山便无异成了孤岛。但我们的壮士却不因此稍现气馁,反之环境愈险恶而精神愈淬厉。当 8 月 31 日那天,我们的壮士,特地在庐山大月山举行庄严的升旗礼。主持升旗礼的为蒋副处长经国先生。蒋先生以悲壮的语调训示官兵:"我们要保卫国家的主权,誓以血肉,粉碎敌人对庐山的进攻。"杨遇春副总指挥训:"我们在庐山升旗,便是宣示我们的决心,我们决心以血肉保卫此庐山神圣地区,我们即使剩下一兵一卒,一枪一弹,也要继续完成我们的任务。"斯时,我官兵情绪,悲壮已极,天空敌机轧轧,似向我们"致贺",山麓敌炮隆隆,不啻为我们鸣"礼炮"也。

在四周被困下,留在庐山的孤军顽强扼守了十个月,终因弹尽粮绝,奉命突围越过南浔铁路,汇集岷山进入游击战。

……

1938 年起,蒋介石的影子不再在庐山上晃动。

庐山不得不中断它最为热闹而丰富的一段夏都时光。

▼1947 年夏天,亭亭如盖的夫妻树树叶突然变黄,树杈枯萎。蒋介石紧急调来专家治疗抢救,据说是在树周围埋了几十斤煮熟的黄豆。这对罕见的金钱松重现绿色,支撑着"美庐"别墅一个世纪的浓荫。

"美庐"深深

无论时光如何飞逝，无论历史如何演进，庐山的云海依旧翻涌着日出，庐山的松涛依旧弹奏着琴声。从古到今，特别是中国历史的书页翻到了二十世纪之后，一向以秀丽闻名的庐山，被人议起想起的时候，已不仅仅局限于她迷人的景色，都会因之联想到一些举世瞩目的人和事。

1

"美庐"别墅，处于长冲河东岸的最佳地段，由于它极强的吸引力，游人很容易沿着东谷的河西路，走过石构的"美龄桥"，来到这里。这是一个很特殊的地区，一个世纪的迷雾笼罩，没有谁去破坏它的历史氛围。百年前这栋别墅的主人留给历史的只有寥寥几笔。

葱绿的林荫与草坪环拥的这个别墅小区，现为河

▲ "美庐"最招人喜爱的当然是那绿门、绿窗、绿廊、绿栏、绿柱。连原先灰褐色的石墙,也因为爬墙虎的缠绕而变成绿墙了。

东路 180 号, 原为脂红路 12 号和 13 号,十九世纪末,它的业主是英国人西伊·阿·兰诺兹勋爵。1903 年,产权转给了常居庐山的英国人温妮弗丽德·吉·巴莉女士,她丈夫在长冲河对岸开办"圣经医院"。蒋介石做四十寿辰时,这位英国人将这栋别墅送给蒋介石夫妇。这"送"是出于交情还是因为别的不得而知。宋美龄喜欢庐山的理由之一是因为庐山有许多她结交的外国朋友。

1933 年 8 月 8 日,蒋介石偕夫人住进 12 号大院。

蒋介石是讲究风水的人,中国风水学说里"背山面水"是最为推崇的模式。"美庐"背

▲情感是一方面,协助蒋介石完成全国统一,实现其统治也是宋美龄对婚姻的一个理想诠释。

◄山风从竹林和花
丛中徐徐穿过，
千株攒簇万棵摇
曳，真是一片绿
流一片幻海。

靠大月山，坐北朝南贴切了中国传统建筑的朝向喜
好，更符合多雾的海拔千米高山尤其珍惜阳光的需
要。这幢英式别墅非常注重整体的理性与感性美，
以石头建造，主体是两层。主楼上下两层内格局的
主要部分完全一致，都连着外廊的门。木楼梯小巧
而精致。套间的客厅与卧室的门都很宽，以落地玻
璃、木格几何图案装饰，显出主人的高贵与阔绰。此
别墅三个敞开式外廊，一个大平台，一楼南面东头
还有一个十余平方米的阳台。这五个活动场所使建
筑伸延在自然之中，大大活跃了主人的交际空间。
阳台栏杆用宽大的石条构建，并以同等宽度的石条
支撑，可依可坐，使栏杆本身的雄浑劲健与恬静清
幽的周边环境，形成和谐而生动的对比。

　　天真、率性又不失才略的宋美龄，八岁跟着姐

姐到美国读书，直至十九岁回国，长达十一年之久。在世界观、人生观的形成上，她已经变成了不折不扣的美国人。对这幢西式别墅钟爱有加的当然是宋美龄。在庐山，宋美龄曾有母亲陪嫁给她的位于脂红路210号的别墅。长冲河对岸，李德立的别墅几经转手归到了孔祥熙的名下，旁临着的山坡高处是宋母赠给宋庆龄的别墅。三姐妹可以齐聚在庐山。宋美龄陪嫁的那幢小别墅有了"美庐"之后便转卖了。

"美庐"最招人喜爱的当然是那绿门、绿窗、绿廊、绿栏、绿柱，连原先灰褐色的石墙，也因为爬墙虎的缠绕而变成绿墙了。据说"美庐"的屋顶最早是玫瑰红的颜色，日本人打来时，蒋介石的幕僚提议把屋顶刷成美国国旗以避免日本人的轰炸。但这个荒唐的提议被否决了。

1934年冬，蒋介石为"美

▼撇开一切政治因素，美庐不失为最温馨的居家处所。但恰恰是政治把这幢小楼推上了迷离而又显赫的境地。

▲1926年，宋美龄偕外甥孔令杰与蒋介石合影于孔宅庭院。

庐"设计建造了副房。宋美龄在副房的墙根种下用飞机从美国带回的凌霄花，这种攀爬着墙壁、窗子作垂直绿化，夏季开深红色喇叭花的植物，增添了长廊的柔美，也以温馨艳丽补充了别墅的整体美感。别墅四周用低矮厚实的石墙围起，院内竹木高耸、青翠欲滴，白兰花枝盛叶繁清香袭人。山风从竹林和花丛中徐徐穿过，千株攒簇万棵摇曳，真是一片绿流一片幻海。

1946年7月，抗战胜利后，蒋介石和宋美龄重返庐山。被日本人践踏过的"美庐"修整一新，宋美龄请了上海官邸花园的英国顾问对"美庐"再次作了设计。在院子里的草坪摆上石桌石凳，又在竹林的背后建了一个面包房。这样在和客人相聚时，可以吃到刚烤出的香喷喷的面包了。抗战胜利带来的短暂喜悦像诱人的面包一样使女主人沉醉。

"美庐"一楼是宋美龄的卧室和会客厅。在中西合璧的会客室里，有猫眼绿的地毯和沙发，卧室中间双人床用英国优质木料制造。在餐厅一角，宋美龄当年爱弹的钢琴、挂镜、英文版书籍、煤油冰箱，如今还静静地放在那里。几幅宋美龄当年在庐山临摹的油画挂在墙上，这每一幅油画或明亮或沉郁都是心境的写照。二楼是蒋介石卧室和会议室，室内大衣橱、写字台、立柱灯、软躺椅和壁炉栏都是蒋介石当年用过的原物，陈设橱里摆放着外国友人为蒋介石祝寿送上的猿、鸟图的象牙精雕，高有一米。物是人非，景是当年景，而情却不是当年情。历史一去不复返。

二十世纪五十年代后期，此别墅原大门的位置，建了一栋石构的警卫室，大门改在西墙的南端，并由大门建一条水泥路面的汽车道，通到别墅。原大门边的院内生长着一对连理共根金钱松，高大笔直，冲上云天。1947年夏天，这对亭亭如盖的夫妻树树叶突然变黄，树杈枯萎。蒋介石紧急调来专家治疗抢救，据说是在树周

▲蒋介石追至日本向宋母求婚，至诚至爱之心使其在婚姻上大获全胜。这是一张蒋、宋联姻情势笃定的全家福。

▼在"美庐"庭院对弈。

▲1935 年在庐山"美庐"别墅休闲。庐山上这座孤独的
欧式别墅演绎了蒋宋婚姻中最舒适最缱绻的日子。

▼蒋介石在"美庐"院内欢迎美国
总统特使马歇尔(左三)和美国
驻华大使司徒雷登(右三)。

围埋了几十斤煮熟的黄豆,这对罕见的金钱松重现绿色,
支撑着"美庐"别墅—个世纪的浓荫。

2

二十世纪二十年代,蒋介石第一次带上庐山的佳人
并非宋美龄而是陈洁如,但这并没有妨碍蒋、宋日后成为
一对如意的夫妻。蒋介石与陈洁如有一张在庐山的合影,
两人都穿着白色对襟布衫,相对着朝向镜头。镜头里的蒋
介石显得过于冷静刻板,照片背景也显得单调。未来的变
数仿佛潜伏在其中。

与宋美龄的婚姻增添了蒋介石的人生光彩。在孙中山的家里，蒋介石第一次见到孙夫人的妹妹宋美龄就被其丰姿绰约所迷醉。而宋美龄对眼前这位高挺的国民党军事新星显然也抱有相当好感。在众多的追求者当中，宋美龄挑选蒋介石作为自己的终身伴侣，有她主观上的因素，对蒋介石能够统帅势如破竹之兵挥师北伐在心中自有一份仰慕之情。蒋、宋联姻之时，正是宁汉分裂、蒋介石下台的失意之时。蒋介石追至日本向宋母求婚，至诚至爱之心使其在婚姻上大获全胜。宋美龄相信蒋介石不过暂时虎落平阳，日后终有崛起之时。她认为，当时中国的统一只要国民党内部团结，就欠临门一脚了。宋美龄、宋霭龄及宋子文周

▼地中海温暖如春的冬天，蒋介石携容彩熠熠的宋美龄飞抵开罗。出席开罗会议的三国代表分别是美国总统罗斯福、英国首相丘吉尔和中国的国民政府主席蒋介石。开罗会议是中国经过六年的抗日战争后，真正能够跻身国际社会的重要会议。

▲美国人睁大眼睛发现，这位
"中国第一夫人"脱口而出的
英文词藻甚至比他们还要生
动典雅,而且举止落落大方,
十足的大国风范。

旋和协调了蒋介石与汪精卫的关系。蒋介石重新回到权力
的中心。可以看出,情感是一方面,协助蒋介石完成全国统
一,实现其统治也是宋美龄对婚姻的一个理想诠释。这是
一个独一无二的宋美龄。舆论批评蒋、宋是政治联姻,一是
因为蒋介石有过婚史记录, 二是因为宋美龄是孙总统妻
妹,蒋因此觊觎国民党的最高权力。

　　1943 年,宋美龄以治病为由到美国出访。她接受了美
国国会参众两院的演讲邀请,成为有史以来第一位在美国
国会殿堂演讲的外国第一夫人。宋美龄在国会演说的形
象,在美国这个全世界传媒最发达的国家到达每一位美国
人民的眼里。美国人睁大眼睛发现,这位"中国第一夫人"

脱口而出的英文词藻甚至比他们还要生动典雅，而且举止落落大方，十足的大国风范。那时，日本已经发动了珍珠港事件，美国人对日本恨之入骨。他们从宋美龄的演讲中得知了中国人民抗日战争的英雄事迹，无不兴起对中国人民惨烈牺牲的强烈同情。

当年美国《时代》杂志把宋美龄选为年度风云人物。宋美龄的美国之行，赢得了美国对中国这个苦难国家的援助。不过，那些援助到老百姓头上能有多少？美国的支援主要用在装备蒋介石的嫡系部队和王牌军。

中国人民抗日战争以无与伦比的民族牺牲，赢得了世界各国的敬意。国民政府利用这一时机开展了强大的外交。1942年元旦，中、美、英、苏领衔签署26国《联合国家宣言》，世界反法西斯同盟形成。1月，蒋介石

▲1941年6月30日美国《生活》杂志封面。宋美龄的国际声望在抗日战争中如日中天。

推举为中国战区统帅。为鼓励中国继续抗日,美国总统罗斯福在政治上迎合了蒋介石的要求,1942 年 10 月 10 日,英、美分别发表声明,宣布与国民政府谈判废约。废约是中国人民长久以来的愿望,这一举动大得蒋介石欢心。但在具体谈判到归还香港、九龙问题上,中、英发生激烈争执。中国坚持要求英国在战后交还香港,英国则软硬兼施,拒不交还。谈判一直未达成结果,香港问题暂时搁置。1943 年,中美、中英分别签署了取消两国在华治外法特权的条约,随后西方各国相继宣布放弃在华不平等条约。

同年 11 月,地中海温暖如春的冬天,蒋介石携身着短袖旗袍,容彩熠熠的宋美龄飞抵开罗。出席开罗会议的三国代表分别是美国总统罗斯福、英国首相丘吉尔和中国的国民政府主席蒋介石。开罗会议是中国经过六年的抗日战争后,真正能够跻身国际社会的重要会议。

开罗会议的结论是,美英和中国达成一项共识,主张第二次世界大战结束之后,必须迫使日本把二次大战前从中国夺走的所有领土无条件归还中国,这些领土包括台湾、澎湖和东北等地。在中国的抗日和外交史上,开罗会议是重要而最具象征意义的会议。

宋美龄作为蒋介石的翻译兼秘书,由于对美英等国的充分认识,加上她上乘的国际知识和外交才能,对提升蒋介石的地位起了很大作用。

开罗会议是蒋介石、宋美龄政治生涯的绝顶。人生便是如一条抛物线,到达顶点后,接下来必然是跌落。在蒋介石还没来得及品尝完得志的喜悦时,就开始尝尽触目惊心的破灭的滋味。

在西安事变的危急关头和败退台湾风云正急的当头,宋美龄冒着随时可能以身相殉的危险来到蒋介石身边与其同舟一命,可谓患难见真情。政治固然是冷酷的,但在"美庐"别墅的造型和布局中便不难发现生活的温情。撇开一切政治因素,"美庐"不失为最为温馨的居家处所。但恰恰是政治把这幢小楼推上了迷离而又显赫的境地。

几幅宋美龄当年在庐山临摹的油画挂在墙上，这每一幅油画或明亮或沉郁都是心境的写照。

3

蒋介石的一生中有二十余年与庐山有关，而其政治活动和平时生活就在"美庐"里，这里成了蒋介石的夏都行宫，是南京之外的第二个政治中心和决策密室。蒋介石及其他军政要人，几乎每年夏天都坐镇庐山，召开各种会议，1936年，他索性把行政院从南京搬上了庐山。

1936年6月和7月，"西安事变"后半年，周恩来代表中共就国共合作抗日的共同纲领，上庐山与蒋介石会谈。蒋介石与周恩来的会晤在"美庐"的会议室内进行。1946年夏秋，美国总统特使马歇尔八上庐山，肩负"调解国共军事冲突"的重任。马歇尔在庐山拿到他外交生涯中最差的一份成绩单，调解失败快快归国的马歇尔对这份成绩单多少有些费解。他与蒋介石多次会谈的"美庐"曾为他的辗转难眠再添灰暗的色彩。

1946年的庐山，还是蒋介石的外交舞台，美国新任大使司徒雷登第一个上庐山递交国书，蒋介石在"美庐"接见了多国大使。脂红路、河东路、河西路为各国大使下榻之地。

这一年夏秋之际，另一件事也不能让蒋氏父子释怀。1946年，蒋介石六十岁了，他在南京为自己选了一块墓地，并把未来寄希望于长子蒋经国。标榜"三民主义"的蒋氏统治不过是一个封建世袭色彩浓厚的专制主义政权。1946年7月中旬，青年军

各师师长及政治部主任云集庐山,这是小蒋准备接班的御林军。蒋经国把出席"三青团"第二次代表大会的代表召到庐山,以庐山夏令营的形式集训一月,统一意志,统一步调。蒋介石欲把"三青团"变成与国民党平起平坐的政党,从而使蒋经国迅速进入南京政权的核心。9月1日,"三青团""二大"在庐山召开,会上一片组党之声。但是国民党 CC 派头目陈立夫不甘心蒋太子抢政,迅速组织国民党元老上山,反对"三青团"组党。蒋介石只好覆手为雨,远忧近虑,否定了"组党"论。但这只是在时间上暂缓了蒋经国入阁。蒋太子庐山受挫,"美庐"因此又添了一抹阴影。

▼在别墅院内南面树林中一个天然裸露的巨石上,蒋介石题刻了"美庐"二字。他意喻为这是美的房子、美的庐山,"美庐"二字永远凝固了他的悲叹与对庐山的深深眷恋。

▶ "美庐"里的卧室和会议室——人去楼空，历史一去不复返。

1948 年盛夏,蒋介石再次也是最后一次来到庐山。美国时代周刊记者葛鲁恩写道,在庐山,"他曾经步行到含鄱口远望山下的景色以及江水泛滥了的平原,他穿着灰色长衫、软木帽、玄色布鞋,最喜欢和蒋夫人在黄昏的微光中漫步"。

表面的轻松掩盖不了失败者的内心。8 月 9 日至 18 日,蒋介石在庐山的最后十天中,与司徒雷登、翁文灏、王云五等为挽救南京政府的经济大崩溃,而研究制定了发行金圆券等法案。但是,蒋介石预感到国民政权垮台在即。在别墅院内南面树林中一个天然裸露的巨石上,蒋介石题刻了"美庐"二字。他意喻为这是美的房子、美的庐山,"美庐"二字永远凝固了他的悲叹与对庐山的深深眷恋。

▲宋母为宋庆龄购买的别墅与孔祥熙别墅相互依傍。一家人想靠得近些,最后却越走越远。宋庆龄别墅二十世纪八十年代被拆,在原址上建成现在的模样。

4

1959年6月29日,毛泽东第一次上庐山,下榻"美庐"。富有革命浪漫主义情怀的毛泽东主席以兴奋的一笑大步踏进"美庐",他高声说:"蒋委员长,我来了!"

一天,毛泽东主席外出归来,听到院内有叮叮咚咚的声音,是石工正在凿击"美庐"题刻。毛泽东连忙摆手制止,他说,这是历史,蒋介石在这里住过,不能否认。幸亏毛泽东来得及时,这块摩崖石刻,仅"美庐"两字被损,字迹大体还是清晰的。

"文化大革命"中,此摩崖石刻再次被凿,还是此院工作人员搬出了最高指示,"美庐"题刻虽又略有所损,但还是再次幸免,大体如旧地保存下来。

　　1959 年 6 月 29 日至 8 月 19 日,中共中央政治局扩大会议和八届八中全会期间;1961 年 8 月 20 日至 9 月 17 日, 中共中央九届二中全会期间,毛泽东主席曾三次在此别墅下榻。一般是白天在"芦林一号"办公,晚上住"美庐"。1970 年庐山会议期间,晚上,毛泽东主席会徒步穿过 175 别墅与"美庐"之间很近的石条小路,仍然住回"美庐"。

　　二十世纪六十年代,宋庆龄上庐山,在此别墅住过。因为不同意识形态之争而骨肉分离的一对姐妹,想必"美庐"的每一个夜晚都让宋庆龄思绪难平。

　　"美庐"别墅是国共两党最高领袖都住过的唯一别墅,历史上绝无仅有。解放后,林彪、郭沫若、陈毅、胡耀邦上庐山时,亦曾在此别墅住过。二十世纪八十年代,"美庐""禁苑"作为旅游景点对外开放。

▼"美庐"别墅是国共两党最
　高领袖都住过的唯一别
　墅,历史上绝无仅有。

▲夕阳穿过树林把
最后一抹柔亮的
余晖送进别墅敞
开的外廊。

松门何处梦

1

在庐山的踪迹中，我一直想要去寻找的地方是一位七旬老人陈三立的别墅。这个别墅显然不是一处常规的旅游景点,在翻阅过庐山的大量史料后,唯有剩下的就是对这幢松门别墅的神往,很想去实地探访。

深秋的一天,我偶尔有一个上庐山的机会,这是我离开九江几年后第一次上山,恍然感觉亲近庐山的机会已经越来越少了,而心愿还有那么多。

太阳在已有寒意的庐山山间如瀑布般倾泻下来,我们在午后坐上车在一片金光灿烂的寂静中前行,我并不知道东道主安排去哪里,汽车把我们带入庐山植物园转了一圈再去往下一个地方。山中太阳早早开始暗下来,路上已无任何游人。车子从清洁的公路驶上一

段松林茂密的山坡，再停下时，我才知这是"松门别墅"，心里真是一阵欣喜。

在中国最权威的《辞海》一书中，收录了不同凡响的一家，那是清末至民国初年江西修水陈氏一家，陈三立与其父陈宝箴、其子陈衡恪、陈寅恪。"陈氏一门，三代英才"一直被世人传为美谈。而陈三立之孙近代著名植物学家陈封怀与前辈相比也毫不逊色。

1929年的深秋，也是这个寒意袭人的季节，阳光是否也如今日这般耀眼拂面已不得而知，一袭长袍马褂，白发飘逸的老者登上庐山，这次老人是从上海迁居庐山，入住一幢从挪威人手中购

▼别墅前数十米处两棵松树相对而立，宛如一道天然的大门。"松门别墅"由此得名。

▲在大林寺一侧的谷地，兴建了花径亭，用以保护"花径"石刻。

得的一处别墅。别墅前数十米处两棵松树相对而立，宛如一道天然的大门。"松门别墅"由此得名。

从地理位置来看，"松门别墅"在牯牛岭脊的南面，离李德立的别墅不远。与庐山著名的景点"月照松林"也只是转个弯的几步之隔。别墅是庐山无数幢别墅中的普通一幢，红色的鱼鳞板屋顶和敦实的扶墙隐在万棵松林之中，显示低调的醒目。进入别墅之前的路口，一块巨大的天然石头雄居路口，虽然苔藓斑驳仍掩不住上面虎虎生威四个斗大的字："虎守松门"。这是陈三立老人的亲手题字，遒劲霸气，虎气长存。

陈三立老人早年因其父陈宝箴支持维新变法，他亦在父一侧，与谭嗣同、徐仁铸和陶菊存并称为"维新四公子"。变法失败后，陈三立与其父一同被革职，永不叙用。陈三立到底还是个诗人，作为同光体诗派的领袖，其诗风以清逸脱俗、卓尔不群、工练精警著称。1922年印度文豪泰戈尔访问中国时，就曾特意提出要会晤陈三立，与之切磋诗艺。作为当时的诗坛泰斗，即使远离官场，即使年岁垂暮，即使豪情已付东流，即使成了袖手旁观之人，但他诗性中蕴藏的人生光芒仍在熠熠发亮。从他登上庐山那一刻起，这个达官贵人用来休闲消夏的山林之间还是闹出了不小的动静，从此充满了一个个风月无边、可圈可点的话题。

▼1930年，七十八岁的陈三立在伏虎石上题刻"虎守松门"四个大字。白发老人的豪情，激励着庐山守军誓与庐山共存亡。

▶花径大门前的左右
两句"花开山寺,咏
留诗人"。美景中有
故事有传奇,怎能
不让人流连忘返。

2

现在的庐山,"花径"几乎是每一个来山游人必到的地方,1930年庐山大林寺旁居了一隐士,此人为两湖总督张之洞的高足李拙翁。此人在官场沉浮,甚不得志,所以跑到庐山来了。一日,李拙翁在掷笔峰附近正在伐石的石工旁发现了一块别样的石头,上刻"花径"二字。李拙翁对这块石头揣摩良久,认定必有出处。他邀来山上陈三立等诸多名流,确认此乃一千多年前白居易在庐山吟咏桃花时留下的手迹。这一发现可谓惊天动地。他们开始拓地捐款,在大林寺一侧的谷地,兴建了花径亭,用以保护这块"花径"石刻。随后又在周围建了景白亭、花径牌坊。陈三立老人与李拙翁、吴宗慈等人到此游赏,诗兴大发,写下著名的《花径

景白亭记》，以赞溢之词记录了建亭的全过程。这篇文章刻在大石牌上，至今立在景白亭前。而花径大门前的左右两句"花开山寺，咏留诗人"，则是李拙翁所书。美景中有故事有传奇，怎能不让人流连忘返。

七十八岁高龄的陈三立在庐山的日夜，以游山玩水、交友吟诗来遣散时光里的失意和乡愁。他一点也不神志迟缓、老态龙钟，相反是格外的精神矍铄、兴致勃勃。

长久以来，庐山东有三叠泉，西有石门涧，南有黄岩石潭，唯独山北还没有发现飞瀑深潭。直到上世纪二十年代，一无名游历者在小天池东南处一个叫王家坡的地方，发现了一个碧绿的深潭。但见一对瀑布飞珠溅玉，四周怪石参差，而去往的路途崎岖诡幻，常是听得流水潺潺，望之却觉无路。如此深藏不露的地方，引得陈三立老人在一个秋高气爽的日子，迫不及待地由友人和家人做伴策杖前往。

几十里山路的行走并非易事，最终行至瀑下时，陈三立老人像孩童一般站在浪动石上连声赞叹，一任飘落的水花溅湿长衫。他欣笔为眼前的美景题上"洗龙碧海"四字，又为潭题名为"碧龙潭"。后来这些字被刻在潭边的巨石上，成为美景不可分割的一部分。此后陈三立又多次前往碧龙潭。当然诗人不忘用诗赋记下自己亲历双龙潭和尽力开发山北之冠这一风景的感受，写下洋洋洒洒数百字的《王家坡双瀑》一诗。观瀑路难行，陈三立老人又募资修路建亭，观瀑亭边再题写《听瀑亭记》，刻于石碑上。游客们上山在这一处新开发的景点前读诗阅记，无不感受到陈三立老人的心力和才智。

3

　　没有陈三立这些文人雅士，庐山的文化积淀不可能如此这般千层厚万重深。著名的方志学家吴宗慈与陈三立同居山间交往甚密。名人与名人聚集在一起总能做些流芳百世的事来。《庐山志》自康熙时星子知县毛德琦编撰后已两百多年，庐山近代被洋人租借的始末大多数人并不详知。"尤庐山系世变沿革之大者，不可不综始末"。庐山大事必须应该让后代记忆明晓，基于此，一项浩大的文化工程开始了。陈三立老人倡议重修《庐山志》，并总持其事，吴宗慈任主编，该书特邀著名科学家李四光、胡先骕撰写地质和植物等重要章节，补充了很多新鲜的内容。从 1930 年到 1933 年，用了整整三年时间，修好《庐山志》，1933 年 3 月，陈三立以八十一岁高龄为《庐山志》审稿、作序。这本珍贵的山志沿用至今，是庐山不可多得的文化瑰宝。

　　在庐山的很多夜晚，我都在捧读那本厚厚的志书。对书中记载的每一个情景和旧事发生兴趣。历史早已远逝，唯有明月与松涛还在身边还在耳旁。恍若前世，往事在纸页上一张张明晰与复活。

　　有陈三立老人的松门别墅，常常高朋满座、热闹非凡。徐悲鸿、李四光、欧阳竞无、李济深都曾在这个别墅里与老人长谈。1930 年徐悲鸿在庐山为陈三立老人作肖像油画一幅，陈三立老人赠徐悲鸿诗一首。1931 年陈三立再次邀徐悲鸿上山，这次徐悲鸿索性住在松门别墅，与陈三立一家亲密相处，为陈家老老少少十几人都画了肖像画相赠。

一年暑假,在庐山的蒋介石因慕陈三立之名,也曾想登门拜访。陈三立对前来接洽的秘书说,我是一个久不闻世事的人了,即使会晤,也没有什么话可说,以此谢绝。陈三立晚年自号"神州袖手人",他这个"袖手人"做得真是彻底。蒋介石闻报,也只有笑着说了一句,此乃真名士也。

1933年的夏天,号称"玻璃屋"的李德立别墅已成孔祥熙的豪宅。这年一个达官显贵、文人骚客、名士清流参加的"万松林诗会"在这里盛大举行。因为是在国戚孔祥熙的客厅举行,被邀者纷至沓来,他们是李烈钧、熊式辉、邵元冲、汪精卫、曾仲鸣、吴汝登、许世英、吴宗慈等等。这次诗会的做法还真是有板有眼,他们将庐山高僧晋人慧远的一首《游庐山》诗全部拆开,一个字写一个纸团,参与者一起抽拈,谁拈到哪个字,就以该字为韵作诗。这次盛事,人称是继东晋王羲之之后又一规模空前的"兰亭会"。此次诗会很有意思,虽非纯粹的文人参加,但旧时官员古文功底深厚,又爱附庸风雅,遇上大事小事很喜欢写诗明志。一时间诗会上的许多诗作在山上以各种版本流传开来。其时正是日寇进逼、国难当头,入会者心情压抑、悲愤之情流于字里行间。

陈三立老人参加了这次诗会,并亲自为诗会撰写《万松林集社诗序》,序文很短,诗会盛况和忧国忧民之心跃然纸上。"一生阅世丹心破","袖手"不过是托词而已。

4

庐山陷入日本人的铁蹄之下是1938年,但1933年,陈三立老人就离开了他居住了五年之久的庐山,去往北平三子陈寅恪家中。五载冰雪严寒的漫漫冬天，老人都没有离开过庐山。狂风呼啸、冰寒蚀骨的长夜，他一定都在孤独吟诗、无声泼墨。他不是庐山的匆匆过客，而是庐山真正的主人。

1937年"卢沟桥事变"后，北平沦陷。日本人四处寻找中国名士出来为其说话做事，日本人来向陈老先生招安，遭到老人的痛斥。为了表示自己不与日军合作的誓愿，陈三立老人绝食五日，忧愤而死，终年八十五岁。

庐山被日本人占据了五年之久，所幸的是，这幢充盈了一个睿智老人全部诗情与魂魄的别墅逃过了劫难。

在今日的山风中，夕阳穿过树林把最后一抹柔亮的余晖送进别墅敞开的外廊。我在忙着对这幢别墅的外围进行拍照时，只有一个人走进了别墅的里面，他来自修河边陈氏家族的那块神灵之地。我走向有些破旧荒凉的别墅门口时，他正从里面出来，夕阳打在一个人脸上的沉静与生动让我久久难忘。

站在"虎守松门"外的大群人已开始要回程了。其他人只在此处止步并没有想进入这幢别墅的意愿，而我还来不及走进它的内部，便要在匆忙中辞别苍茫暮色。回望"松门别墅"，那是一位沧桑老者伫立林中良久无语，把满眼山色收纳于怀。

"松门别墅"的内部对我来说像谜语。陈家已再无后人住在庐山，它的里面到底是民居是招待所还是纪念馆呢？还有谁人住在里面？这份惦记如相邀明月，侵夜山风般挥之难去。

▲一大片草坪上,槭树撑开了巨大的树冠,秋风把树冠层层叠叠染成稠重的金红色。恣肆炫目震撼人心的一大片梦幻红醉,在庐山秋天的山谷像火焰静静地燃烧。

接近自然的过程

　　在含鄱口层峦叠翠的山峰之下，一大片草坪上，大小三株并肩相连的槭树撑开了巨大的树冠，秋风把树冠层层叠叠染成稠重的金红色。恣肆炫目震撼人心的一大片梦幻红醉，在庐山秋天的山谷像火焰静静地燃烧。

　　这是庐山植物园经典的景色，我在做报纸编辑的时候，这样的美景常常被摄影爱好者收入镜头，寄到案头上。我把照片摆放在报纸上一个适合的位置，然后长时间凝视着它。印在报纸上的照片褪掉了色彩，眼前更像一场虚幻的梦境。梦通常都没有颜色没有年代。

　　在槭树正绿的夏天，我避开如潮的游人和汽车疾驰的街道，傍着山奚走进深山，来到它跟前。我第一次看到高大的槭树，却好像已经熟悉它很久。缓缓的坡地铺着如茵的草皮，草地上散落着低矮的铺地龙柏和紫薇树。抬眼望去，远处隐约在山峦和密林间的是玻璃温

室的蓝色屋顶。再远一些的地方,一幢青砖的楼房,它的每个窗台前都围着雪白的小木栅栏,上面盛开着簇簇鲜花。这是植物园最美的景区,开阔、舒展,洋溢着欧式爱丁堡风情。

年代向远推进渐渐变得模糊,风景画中走进了人物。这是1948年的8月,宋美龄来植物园休闲散步。她走到草坪前,对着亭亭如盖树叶密集得像蘑菇一样的槭树驻足凝神,这是槭园最高大最漂亮的一棵树。受过良好教育又权力倾世的女人,当然注重生活的细节和情趣,宋美龄对花草树木十分钟情。1937年抗战爆发,她离开庐山之前,在庐山观音桥蒋介

▼1934年庐山植物园成立时,胡先骕(前左)与著名植物学家秉志(前中)、秦仁昌(前右)等合影。

▲庐山植物园创始人胡先骕。

石官邸内种下两棵柳杉，抗战结束后，她重新回到庐山，这两棵柳杉已长得很高了。这树仿佛替代她一直沐浴在庐山的清风雨露之中。她用飞机从美国带回的凌霄花，种在"美庐"的墙根下，这花枝繁叶茂，几十年里持续在盛夏开着艳丽的喇叭花。这次宋美龄又要离开庐山，她想把这棵槭树种到"美庐"去，她想等来年再回来时，能看到一片鲜艳的红叶。

　　不料，这回她没能如愿。侍卫官来挖树时，植物园主任陈封怀坚央拒绝了，他说，我们只有种树的责任，没有挖树的权利。宋美龄很是伤感，她的话竟然也有人不听了。想当初，蒋介石为建植物园拨下大量经费，还倡议各界人士为植物园捐款。蒋介石私人捐下一千元。当时省务会议通过筹划植物园基金的规定，凡捐款一千元以上者，

▶蒋介石、宋美龄游庐山含鄱口。

给地二亩作为永租，归其建筑别墅和布置普通庭园之用。后来因为日寇来了，也就没有人在植物园建别墅了。

大概十天之后，大势已去的蒋介石携宋美龄离开庐山，他们再也没能回来。多少的庐山风云都被抛在了身后，何况一株槭树。

二十世纪三十年代，时任江西省主席的熊式辉提出过一个号召，欢迎江西籍知名人士回乡创业，为家乡建设出谋划策。中国政府研究院院士、著名植物学家、北平静生生物调查所所长胡先骕，是江西新建人，辛亥革命后他两度赴美国哈佛大学留学，立志于国产植物资源研究。他是早期中国植物学奠基人。在熊式辉的倡议这一背景下，胡先骕回到家乡，与省农业院合作，创建中国第一所正规森林植物园，择园址在庐山。

在中国的版图分布上，庐山处在一个纳东西南北的中心地带，再加上山势的海拔落差，适应南北地区不同植物的引种和交流。庐山濒临奔腾的长江和烟波浩渺的鄱阳湖，处在暖温带与亚热带交接的地方，云蒸雾罩雨量充沛，为植物生长提供了优越的条件。植物园落户庐山还有一个原因，上世纪三十年代正是庐山夏都的鼎盛时期，这里交通便利，国民党的文武重臣出入庐山，必然给植物园带来各方面的有力支持。1934 年 8 月，庐山森林植物园正

▼在庐山黄昏的微光中散步。

式成立。植物园增添了庐山的秀色,在中外科学史上提高了庐山的知名度。

受胡先骕委派,第一任植物园主任由蕨类植物学家秦仁昌出任。秦仁昌从法国留学回来,为静生生物所标本室主任。二十世纪三十年代,秦仁昌完成了有关蕨类植物分类系统的学术研究,这是蕨类植物分类发展史上的重大突破。到了今天,世界各国植物学家基本上仍在采用"秦氏分类系统"。秦仁昌还有不太为人所知的另一个身份,他与国民党高官、有小委员长之称的陈诚是连襟。可以想象,他的外部工作环境应该很顺利。

▼草坪上艳阳下的聚会。

胡先骕当时身兼数职，他后来又担任了以蒋介石名字命名创办的中正大学校长。那时抗战爆发，学生们没处读书，紧迫地需要办大学。胡先骕与蒋介石似乎私交不错，但在政治上，他既不赞同国民党也不支持共产党，他想走第三条路。他与北大教授胡适、崔书琴创办独立时论社，发表了数十篇影响巨大的政论性文章。解放后，胡先骕留在北京，一个中国植物学家，如果离开了生长在中国土地上的一草一木，他还能有什么呢？他是解放后第一个遭到批判的自然科学知识分子，直至 1968 年去世。

植物园创建之初经费充裕，这从保存档案的进口文具的精致程度就能看得出。四年时间，植物园已建成颇具规模的东亚第一园，其山野林地之广袤、园区设计之大气、植物品种之丰富，让世界植物界震惊。正待草木需要春光化醇的时候，成吨成吨的日本炸弹倾泻到含鄱口。1939 年 4 月庐山沦陷，植物园撤退迁至云南省丽江继续工作。植物园请了一个美国人来照看，把一百六十箱标本资料寄存在美国学校。后来太平洋战争爆发，美国人也不管用了，一百六十箱标本资料被日本人洗劫一空，并加盖日本部队的印章。抗战胜利后，由政府向日本人索回百分之八十的标本资料，但是一些珍贵品种标本还是损失掉了。1945 年植物园迁回庐山，主任秦仁昌为了完成西南各省植物调查继续留滇工作。静生生物调查所与江西省农业院改聘陈封怀为第二任主任。陈封怀是江西修水人，是清末湖南巡抚陈宝箴家族一门四杰的第四代，他的祖父是同光体寺派领袖、清末民初诗坛泰斗陈三立。陈封怀从英国皇家爱丁堡植物园留学归国，从 1946 年开始，他按照自己理想的风格和基调对植物园进行恢复性重建。

代代科学家费尽心血耕耘，现在的庐山植物园与世界著名的美国伍德植物园、英国皇家邱园相比也毫不逊色。

▲植物充满了生命意识和生命
律动。我们也许不能完全读
懂一棵树的语言和思想，但
是我们一生的行走都是一个
最终回到自然的过程。

春风穿过山林催开了千株万朵烂漫的杜鹃花。庐山植物园杜鹃花有三百多个品种，是国内最大的杜鹃园；松柏类植物两百多种，为全国之最。与恐龙同时代的水杉称为"活化石"，由胡先骕先生及其弟子在庐山植物园培育成功，现在全世界各地的水杉都是从庐山引种的。在植物园里，有一棵银杉，是闻名世界的珍品，二十世纪七十年代，日本一家财团想用一架飞机交换这里的一株银杉，被植物园否决了。在此一草一木都被视为生命的植物王国这一点也不奇怪。在岩石园里，不同的石头形状就势种下不同的植物，依山造景，一派曲径通幽草茂林深的感觉。对蕨类植物的研究是庐山植物园的绝活，在暖房里，远古时代的恐龙食物桫椤蕨绿影婆娑；在这里还能看到武打小说中描绘的制作迷魂药的曼陀罗花、制作鸦片的罂粟花。只听花名就已经很诱惑了。

植物，人类对它有着不可割舍与生俱有的依赖。雨过天晴坐在高大密箦的树下，风吹树动摇摆着洒下点点水珠，这是树上落下的雨。植物充满了生命意识和生命律动。我们也许不能完全读懂一棵树的语言和思想，但是我们一生的行走都是一个最终回到自然的过程。老一辈科学家胡先骕、秦昌仁、陈封怀就长眠在庐山植物园永远的芳菲和绿色之间。

▲苏格兰人约翰·汤姆森,1868年行迹九江街头,他拍了一张照片,画上的人物一律的长袍、长辫、瓜皮帽。中国一家出版社出版的摄影发展图史,把这张名为《九江街头》的照片作为最珍贵极有限的几张中国早期照片收录其中。

时光的面容

1

对时光飞逝的感叹，在各类书中都有过不尽的描述。我记得自己读过一段这样的文字：一位凭窗远眺的女子,她感觉眼前一把利剑亮晃晃地向她飞掷而来。她侧身避过这把利剑的一瞬间,时光就流过了十年。这个场景让人读了惶恐而惊心。

没有什么东西能够挽留住时光的步履。直到距今一百六十多年前,一个源自希腊语"PHOTOGRAPHY"中文意思是"用光描绘"的伟大发明,使人类能够定格一个时光的瞬间。人们能够在一张纸上面对流逝已去另一个时空中的自己,人类因此而变得更清晰、更清醒。时光依然在一成不变地流着,那个小小魔法箱以人类强大的智慧顽强地锁住并拓下时间一瞬的步履。许

多许多年以后，再寻觅这些丝缕的痕迹时，在茫茫的时间之海中才得以找到消弭了的历史回声。

"摄影"是中国词汇，这与"PHOTOGRAPHY"的本义有些变异。这个发明源自 1839 年的法国并奉献于全世界。摄影在 1840 年第一次鸦片战争期间进入中国，它由外国经商者、传教士和侵略军以多种途径带进了中国。摄影在中国出现不过比西方晚了几年，从中国人掌握和应用算起也不过迟一二十年。几十年间，摄影在中国形成有一定范围和程度的传播应用。摄影的发展与经济条件紧密相关，而中国正是在国体衰微又受人欺凌状况下接受摄影的。这证明了中国人的聪明好学，更说明摄影是全世界最能共通和享用的语言。到二十世纪初，中国走完了摄影发展的初始时期。这样一个长的时期，人们也许没有意识到，中国对摄影的应用在拍摄意识和表现风格上与西方有着很大差别。当摄影在西方成为向外扩张、科学研究和艺术表现的得力工具时，在中国还是更多地用以向权贵谄媚取悦赚取重利的手段和上层社会消遣娱乐的玩意儿。

2

与时间有着类似的质地常用来相互喻义的物质是流水。中国第一大河长江从前叫做扬子江，浩浩荡荡的江水裹挟着时光一往无前，而往事总是像沙砾般在竭力挣脱和沉淀下来。

扬子江边的汉阳城里有一个聪明的小男孩，名字叫做姚汉卿。1913 年，小男孩十岁了，他到汉口学起了照相。照相是干什么呵？最早的中国老百姓看到那个铁匣子认为那东西能摄走人的灵魂，怕得要命。等慢慢弄明白了，对照相这一费钱的新奇玩意又羡慕得很。学照相在二十世纪初是个难谋的稀罕事。在汉口

洋行做事的亲戚把姚汉卿介绍进了照相馆学徒，那是
一家宁波老板开的照相馆。

　　照相馆的顾客多为洋人，店里请的先生会用外语
跟洋人做生意。姚汉卿天生有语言才能，他很快就会讲
老板的宁波话，对洋人叽叽呱呱的鸟语也有兴趣极了，
在一旁偷偷地听偷偷地学。从前的先生哪肯把本领轻
易示人，小汉卿脑子灵活又勤快，他帮先生捶背洗烟袋

▼时光依然在一成不变地流着，小小魔法箱以人类强大的智慧顽强地
　锁住并拓下时间一瞬的步履。许多许多年以后，再寻觅这些丝缕的痕
　迹时，在茫茫的时间之海中才得以找到消弭了的历史回声。

腿脚飞快，先生一高兴起来，也就教他几句。

六年的学徒生涯，小汉卿从照相、洗相到修相机的全套本事都学精通了，还学得一口翩翩"鸟语"。出师后，按规矩在店里又帮了四年工。这时，姚汉卿已年满二十，家里为他配了一门亲，他为自己配了一部旧相机，开始独立谋生了。

在汉阳乡下，姚汉卿开始摆了一个流动照相摊子跑码头。当时照一张相需花一块八毛银洋，这么多钱够买五十斤米吃，这般奢侈之物自然不是一般老百姓能消受得起。在家乡一年的生意并不景气，每次都要先收了订金才有钱赶紧进城买材料。姚汉卿四面打听，希望能找到一个谋生的好去处。

3

顺长江而下，不远就是九江。九江历史上是长江边上的商贸重镇，1862年开埠通商被洋人侵占。清末在没有京广铁路之前，九江是中国东西交通要道，也是南下通往广州的必经之路，商业兴盛。第二次鸦片战争后，有一个苏格兰人叫约翰·汤姆森，他以旅游者的身份来到中国，十九世纪六十年代，他在亚洲地区进行民俗、风情和人物的纪实性拍摄，是早期社会纪实摄影的重要人物。

这个外国人1868年行迹九江街头，他拍了一张照片，画上的人物一律的长袍、长辫、瓜皮帽，画面左边是一个清汤担子，地上好像蹲着一个人正在喝清汤；中间摆着一个长桌子，三个人在算卦测相；画面右边是一个剃头佬的担子。这张照片从前在一些资料上也见过，只是没有作者名字，拍摄年代也有误，写的拍摄时间是二十世纪初。1873年，汤姆森出版了刊有两百多幅照片的著名专集《中国和她的人民》，这张照片收录其中，是见证中国

▲姚汉卿有一次给蒋介石拍照,蒋介石坐在树底下,脸上正好被树荫挡住光。姚老板请蒋介石往前坐一坐。蒋介石说,没关系,大树底下好乘凉。

当时社会形态最有价值的历史资料。中国吉林一家出版社出的一本摄影发展图史,把这张名为《九江街头》的照片作为最珍贵极有限的几张中国早期照片收录其中。

1868 年,汤姆森可能还没有上过九江境内的庐山。那时的庐山还是荒芜之地。离李德立第一次上庐山的时间早了二十年。

4

到了 1924 年,从庐山山顶上鸟瞰,满眼是一幢一幢散落丛林的别墅。庐山一派浮花璀璨,是有钱人、外国人避暑消夏的好去处。这一年,姚汉卿带着全家乘船东下,举家迁徙。他登上了庐山,从此就把家安在了这片秀美的山水之间。当时庐山还没有照相的,在西街现在庐山

▶岁月无法挽留青春容颜。直到距今一百六十多年前，一个源自希腊语"PHO-TOGRAPH"中文意思是"用光描绘"的伟大发明，能够定格一个时光的瞬间。

百货公司门市部的位置，姚家开起了庐山第一家照相馆。站在牯岭街头，从剪刀峡的豁口就能清楚地看见山脚下的九江城和逶迤东去的扬子江。给照相馆取名时，姚汉卿认定了眼前这条联结着故土、联系着自己未来命运的河流。他把照相馆取名"扬子照相馆"。"扬子RIVER"外国人叫起来又顺当又响亮。

扬子照相馆很快就在庐山站住了脚。姚老板会外语在庐山人看来真有些了不得，山上的外国人一下就被吸引到他的照相馆里。行游四方的传教士走到全国各地还把底片寄到庐山"扬子照相馆"来冲洗。

上世纪三十年代，伴随着夏都的兴起，扬子照相馆的生意盛极一时。在庐山举办军官训练团期间，一期上千学生，一人照一张相也够"扬子"忙个不停。山下海会、星子进行上校以下军官训练，"扬子"又把分店开到山下的训练基地。这些学员是最时髦最喜欢新事物的时代精英，照相、洗相，再寄给家人告平安已成了那个时代青年最乐于接受的生活新方式。毕业时的合影也是必不可少的。当时的有钱人或政府要员未必没有自己的私人摄影师，但拍合影的大家什还非得请姚老板不可。扬子照相馆能旋转360度的座机才够装下那些密密麻麻的人头。

摄影术进入中国的早期是以实用人像摄影为主的。"PHOTO-GRAPH"在中国译成"照相"就体现了这种概念移位。在庐山的生意只是忙半年，半年之余，拍人像为特长的姚汉卿开始下意识地向风景拍摄转移。身在庐山美景中自然近水楼台。他踏遍了庐山和山下鄱阳湖的山山水水，拍摄了大量风光照片。姚汉卿学过上油彩，他把照片涂上颜色做成自制明信片，供游人选购。外国人特别喜欢这种风光明信片，买下寄给远方的朋友，传达简捷直观又有意义的问候。生意便是这般精明刻苦的人捣腾出来的。生意兴旺了，姚老板在洋街正当口的好地段买地盖起了三层的楼房。

这个照相馆很是风光显眼。上世纪三十年代，蒋介石在庐山消夏时，便光顾了一回。庐山人只要在街上看到几个西装革履或是着呢子料中山装的人走在前面，过不了一会儿，就知道后面蒋介石和宋美龄来了。蒋介石、宋美龄有两个最爱的去处，一是仙人洞二是含鄱口。蒋介石到仙人洞去，一般习惯是坐轿子去然后步行回。一日，路过街边三层楼的扬子照相馆，蒋介石忽然停下脚，很有兴致地拐了进去。

姚老板正在忙乎着生意。他用棍子叉把墙上的风景照片取下来，并没有注意到身后站着头戴礼帽身穿长衫的蒋介石。棍子叉退后时不小心碰到了蒋委员长的脚，姚老板这才抬眼看到跟前的蒋介石。后面的打手正要冲上来，慌乱中，姚汉卿机灵地改用宁波话连声说："对不起！对不起！"这宁波话真管用，蒋介石一听见乡音，立即改变了态度，制止了后面冲上来的侍卫官。姚老板又赶紧问："委员长，有没有看上什么照片？"蒋介石挑中一张雪松的风景照，然后步出扬子照相馆。

5

1938 年,日本人的枪炮轰到了庐山脚下,中国平民在一片混乱中逃难。姚汉卿感到形势不好,匆忙中带了一架相机从黄老门往南昌方向去了,他告之家人,等他安顿好,再带信回来。

形势比姚汉卿估计得更危机,庐山四周沦陷,大批难民涌上庐山,供给严重不足。庐山守军动员和护送难民向南昌疏散。姚家剩下的一家老小十几口人带上挑夫,挑着一箩筐的相机镜头随难民逃到南昌,四处打听后又辗转到湖南,全家人最后在衡山南衡镇得以团聚安顿。在衡山,姚汉卿临街搭了一个照相棚子,在战乱中聊以糊口。

美国是中国抗战盟国。在衡山,飞机空投了一名美国教官用以支援衡山的游击战。当地国民党游击队唐司令要同美国教官照相,派人到镇上把姚汉卿请来了。司令部门口的空地上摆了两张长条凳子。唐司令在中间正襟危坐,旁边的美国人,从没坐习惯中国的窄条板凳,屁股掉到凳子下面背也伸不直。

姚汉卿摆弄好相机,他高声向美国人开口了:

"Hi——Would you like to take a smiling picture or an ugly picture? (你——是喜欢拍一个笑的相还是一个丑的相?)"

美国教官一下惊诧了。到衡山一个月了,还没有人能跟他说话,这下他居然听到有人对他说英语。他挺起胸,快活地大叫:"A smiling picture! (我喜欢一个笑的脸!)"

拍完照,美国人跑到姚汉卿身边还要照相。从此,每星期他要姚老板为他拍一次照,寄回大洋彼岸以慰家人。

6

1946 年,抗战胜利后第一个春天,姚汉卿带着全家老小从湖南回到庐山。扬子照相馆被日本人洗劫一空。日本人侵入庐山后强占使用扬子照相馆,据说楼上留下的照相材料日本人用了一年都不用下山去买。

对年过四十的姚汉卿来说,即使什么都没有,他还有"扬子"这个不倒的招牌,他还可以一切从头开始。

解放后公私合营,财产核算评估,扬子照相馆资产达一万几千元人民币,姚汉卿成为庐山第一大资本家。

1957年大鸣大放,姚汉卿说,赎买政策是对的,资本家的钱也是辛苦赚来的。这句话使他成了右派。佢他一直是庐山照相馆的副经理,因为照相馆很多技术问题解决不了。如果仅仅只是照相,那以后并不需要多开口更不再需要说英语了。1985年,八十二岁的姚汉卿得到右派平反通知。两年后,老人去世。

▲1942年秋,美国总统特使威尔基访问中国。照片保留了人物的一切表情、细节和想象力。

◀1926 年 6 月，蒋介石
与何应钦在庐山。

▲准备开讲之前。

▲马歇尔、蒋介石在相逢与道别之间。

　　人的命运像时间流走般带着某些神秘和不可预知性，像水流一般的变异和不可确定。但物质的影像胜任了人类视觉对客观事物最稳定最真实的记录，也能完成人类想象力最夸张的表现。

　　庐山著名的天桥景观，是两处前后相隔几百米的悬崖巨石的对接。据说这个景观的最早发现就出自姚汉卿的镜头。

　　从摄影诞生起的一百六十多年间，人类充满了不尽的神奇与梦想，充满了巨大的变异和飞速的挺进。在庐山的游客现在几乎人人都手执相机，谁还稀罕关心谁是庐山从前最早照相的人呢。

▼蒋介石与客人交谈。

▲白崇禧(前)与刘峙(后)。

▶1948年8月,蒋介石与司徒雷登合影于"美庐"别墅前。

▲诀别大陆，败走台湾。

筵席最后都是散

牯岭正街街心花园正大门的位置，从前就是吴家的万丰酒楼。早年的牯岭有两边街，中间是窄窄的青石板，正好够过两顶并排的轿子。街是窄的，但店铺一个挨一个，人流穿梭搅动起拥挤的热闹。二十世纪三十年代和四十年代庐山发过两场大火，两场火都毫不留情地舔噬了牯岭正街。先前的一场火已说不清缘由，后一次火是在1947年，火是从街的北面民居密集的低洼处腾起来的，那地方叫窑洼。老人都说是警署的人值晚班时，围在屋里搓麻将，搓到半夜，人困了肚子饿了，倒了烛火惹出冲天的火光。

从前庐山当地居民多住在中国式的鼓皮屋里，鼓皮屋屋基是石头，屋顶是洋铁皮，剩下的就是木板。这样的房子正好引火，一把火把牯岭烧成半边街。看来事情也是否极泰来，否则还没有那么恰到好处的地方可

▼蒋介石在庐山野外炒菜的闲情。

以腾空出来，建成日后赏心悦目的一处街心花园。

吴家爷爷早年从湖北大冶迁徙而来，光绪十三年上庐山搭起棚子做季节性小生意，后来开了一家小饭馆当上老板。吴老板勤快能干不说，还是天生发财的命。有一日，一位邻居愁眉不展地到小饭馆喝闷酒，原来这邻居瞒着老婆买了两百块钱彩票，老婆知道后日夜不停地大吵大闹，说这败家的把家都糟蹋光了。看到邻居如此愁苦，吴老板仗义地说干脆你把彩票让给我，也省得你烦心。两百块钱彩票得下了吴老板也没往心上记，不久他就看住在山下的老母亲去了。人在山下，有一天，忽然一伙人敲锣打鼓地找上门来。原来吴老板的彩票中了彩，而且是头彩，奖金是满满一箩筐银子。有了这银子的底气，吴老板开万丰酒楼时已经家境殷实，名声远扬。

庐山好汉坡上轿子抬上了一位富家小姐，小姐后面跟着书童，挑着一担书。小姐家在杭州，从日本留学回来到庐山消夏。如画的美景中激情与罗曼蒂克相遭遇。小姐到万丰酒楼吃饭，她自己可能也没想到，她会成了这酒楼的老板娘。感情的东西谁能说得清，反正这小姐就在庐山留下了。这时吴老板的结发妻子因为难产已经去世，留下四个儿子。四个儿子的后代都把这要睡钢丝床天天爱洗澡的杭州小姐叫做洋婆婆。洋婆婆进门时，四个儿子都很小，洋婆婆热情地用自己的生活方式教化他们。她跑到山下买来小西装小皮鞋白袜子，把小少爷打扮得整整齐齐油光铿亮。感情的高温过去最后常常不能不面对现实，毕竟双方学识经历观念习性相差太远，或者是来得快的东西消失得也快，一年以后，洋婆婆离开了吴家。

▼蒋氏夫妇与外国朋友在庐山野炊。

▲多少繁华终究散去。

一年的时间真的很短,但在吴家四兄弟心中还是很留下了一些什么。

日后是一把火把万丰酒楼烧得糈光,幸好人个个安然无恙,这时吴家四个儿子都已长大成人,个个娶进了媳妇,而且不分家。人丁兴旺,家业自然不得荒废。四兄弟大火之后,立马在街正对面的另一边盖起了三层的新酒楼。他们合计给酒楼起了一个叫得响的名字:爵禄餐馆。爵禄餐馆在四兄弟的经营下,名气果然一日日盖过了"万丰",上到武穴下至芜湖,在长江流域一带都出了名。

爵禄餐馆的位置是好得不能再好了, 正好抵在去东谷的咽喉要道上。从前没有隧道不通汽车,所有的轿子都从餐馆门前路过,多少的大人物皆可以尽收眼底。"爵禄"的生意自然做得轰轰烈烈。

给有钱人做生意的方法,现在看来几乎绝迹,这种做法叫做挑担子送菜上门。那时爵禄餐馆固定的送饭对象是庐山的四大银行,还有就是住别墅的有钱和有名望的人家。挑担里大盒子装的菜全是洗干净切好的半成品。家什自己带了,作料自己带了,厨师上门了,只是借用主人家里的炉灶起火,把菜现炒了现上桌。

吴家的菜好吃自然不必说,那菜何以好吃呢,用现在的话说是兼容并蓄,集红白案、南北味、中西味之大全,谁在这里都能找到自己的需要。最绝的一招是,吴家能根据客人什么样的年纪,用什么样的火候,什么地方的客人,做什么样的口味。如此一来,走南闯北的客人们吃了个个正中下怀,说不出的舒服熨帖。

爵禄的老板好人缘,上、中、下等的客人统统接纳。庐山上做工的石匠多为湖北大冶的,木工来自山下湖口,这些人也爱到大名气的爵禄餐馆去开荤。那时节,菜是挑上山的,爵禄做酒席,一天要用掉好几个猪腿。

1947 年农历 9 月 13 日,庐山上有了一件不大不小的事,那就是蒋介石要过六十大寿了。

1947 年,日本人已经投降,蒋介石的老对手汪精卫也已经遗臭万年,

剩下的他认为只有共产党这么一方对手。蒋介石估计自己一统天下的时日不是太远。六十岁是人生中值得纪念的寿辰,何况他又身在庐山这么怡人的美景中,心情不能不好。寿庆酒筵安排在美孚公司的大厅里。开席之前,宋美龄盛装步入大厅。眼前一座一米多高的寿点一下吸引了她。

面前直径六十公分粗的锥形大圆筒上,银丝一般的面条倾泻而下,像修长浓密的头发。"头发"外层用网状的红纸罩住,顶上部端放着一尺高的麻姑献寿面塑像。圆筒底座排放着面做的桃子、香蕉、石榴、苹果、佛手等五花十果,旁边放飞了五只栩栩如生的蝙蝠,寓意"五福增寿"。按老规矩,寿点前还必须摆放一只梅树桩,做这盘寿点可真是煞费苦心。梅树桩找不到,漫山遍野也只找到了相似的杜鹃根,经过精雕细琢,这根雕摆上去也能以假乱真。

硕大缤纷的寿点让宋美龄高兴极了,她惊讶地说:"怎么,南京方面还专程送来了寿点?真是太漂亮了!"伺候一旁的当时庐山管理局局长吴仕汉终于等到了机会,上前禀告:"报告夫人,这是我们在山上特意为委员长定做的。"

"噢,庐山还能做这么好的寿点!"宋美龄兴致盎然地用相机嚓嚓按下快门,一边叮嘱旁边的人走轻点、走轻点。原来寿点太高了,人在木地板上走动的弹性使寿点也跟着一起颤动起来。这个寿点可谓点睛之笔,使蒋介石大悦,大大赏赐了吴仕汉一番。

谁都能猜出,寿点出自爵禄餐馆四兄弟之手。爵禄餐馆也领到了赏钱六十万元法币,但已被吴仕汉不知吃了多少黑。

"六十万大概是那时一家人吃两年的饭钱吧。"

吴家老四吴高松的儿子吴风禾这样说。他出生在解放后,现在是庐山山脚下一个区机关的干部。话说得平淡,骨子里还是骄傲。有些东西哪怕让人吃尽苦头内心还是不能泯灭。他的母亲是当年在爵禄忙进忙出的四媳妇,现在八十多岁了,她安静地坐在一边,白了一眼儿子说:"别瞎说,别瞎说,没那么多。"

解放时,吴家老大已经过了世,老二、老三进庐山疗养院当了厨师。二十世纪五十年代,老二被南京军区冷领郭化若相中,在他家做了十年厨师,六十年代又给福州军区司令员韩先楚做菜。老三做的菜是皮定钧将军最喜欢吃的。只有老四,解放后参干改行当了会计,后来下放到山脚下的威家镇,又辗转到山脚下的庐山水泵厂、庐山砂轮厂。老四写得一笔漂亮的毛笔字,还写下中篇传奇《庐山沉冤录》,前两年老人去世了,留下厚厚一摞手稿。

四媳妇习惯独自一人住在丈夫留下的两间屋子里,房子是庐山砂轮厂的职工宿舍。房子和摆设都旧了,就像她翻出来的那些发黄的照片。

印在照片上的女子身穿旗袍,云鬓婆娑,脸上纤尘不染、柔和秀气。很难把照片同面前驼了背缺了牙的老人联系起来,也很难把冷清的房间同从前热闹的爵禄联想起来。几十年的日子能看见的改变就是这些。

"还是现在的日子好呵,从前不做事就没有钱了。"

老人嗫嚅着。

她的房子紧临着从庐山上流下的溪水旁,抬眼就是庐山。对老人来说,也许她从来没有真正离开过庐山,所以也就不需要怀念。或者像这样的年纪对所有的东西都已经想念完了,包括对富裕生活的缅怀。

"我二伯去世时,留下最后一句话:天下没有不散的筵席。"吴风禾说。

"我希望自己经常能回到山上去住一住。但是,庐山确实只是功成名就之后消夏游乐的地方,要闯荡一番事业就必须离开它。"

吴家第三代没有再开酒楼的,他们纷纷离开了庐山。

"回到庐山"是一直激励他们的梦想。

雪里寻画

入冬以来最大的一场雪把庐山装扮成银色宫殿。玉树琼枝像美人低俯的腰肢从眼前晃过，面粉一样的雪在潮湿的空中零零落落。走一段路，刘海上便染上了点点花白。

地上结了冰凌，很滑。我们在路人的指点下从阶梯形的人行道小心地往下走，走到庐山机关幼儿园时，路对面的屋檐下站着正在等我们的水彩画家李杏。头发背到脑后，成为画家显眼的艺术标志，满头的花发自然是被庐山的秋霜和冬雪染白的。

此次寻访李杏之前，他在南昌举办的第十五次个人画展刚刚落下帷幕。他的作品入选《国际艺术展》《亚洲现代美展》《全国美展》和《中国水彩画大展》并获奖，部分作品被中国美术馆等多家美术馆、博物馆收藏。他先后在北京、上海、深圳、中国台北和日本、韩国等地举

办个展,出版有水彩画专集。

在记下李杏的创作成就时，脑中反复出现的背景是画家笔下一幅幅意韵深邃、清丽明亮的庐山画卷。

自然山水启导着画家思考的方式、理想的构建、灵感的迸发。庐山的山水风貌在魏晋时期就被享有"山水画鼻祖"盛誉的顾恺之所描绘，他创作的《庐山图》是真正意义上的中国第一幅山水画，庐山是中国山水画的发祥地。山水画的繁衍发展，历代大批画坛高手在庐山留下墨宝，如五代时的荆浩、南宋的马远、明代的唐寅。到了近代画坛，艺术大师徐悲鸿的足迹踏遍了庐山的山山水水。另一位艺术大师张大千从未到过庐山，这成了他抱憾终生的一件事。到了台湾后，他依据自己想象中的模样绘出了一幅庐山图。

庐山的山灵水秀、峻美绝伦养育了自己本土的画家，李杏是地地道道的庐山人，他的每一幅作品都在尽力展现庐山的精髓。

李杏在前面带路，没有印痕的雪地被他魁梧的身材踩出重重的脚窝。路边枯的梧桐叶子率真地从雪地里探出头。经过几棵高大笔直的

◀庐山的湖光山色、天光云影变幻多姿，颜色奇丽，无论何种配色，终难得其形。大自然的诡谲，不是人为之力所能及。

▲ 玉树琼枝像美人低俯的
腰肢从眼前晃过。

柏树松树,在一幢旧的、相比庐山随处可见的小别墅来说体量略大的房屋前,李杏停下了。他说这幢房子解放前是当资本家的两兄弟合住的,现在住了很多人家。李杏住在一楼左手边的两间。像庐山很多的民居一样,外走廊被搭起来了,青砖墙上镶着一小块大理石,上面刻了"李杏"两字。很简单的标宋体,让未开的门关着些对名宅的期待。但门是脱了红色油漆的,露出下面覆盖着的斑驳铁皮。

"我可能是庐山唯一不生火的人,家人提前到深圳过年去了,我过几天过去。一个人一天到晚地忙着,有很多事要做,现在做一些整理资料的工作。"一进门是窄窄的过道改成的书房,一张小桌子一个书架摆下,人就没有了转身的余地。书架塞得很满。

进了门却不知如何坐定,李杏的家没有客厅、没有画室,两间房都摆了床。我们在李杏称之为画品加工厂的一间房的硬板凳上坐下。这间房沿墙挂了一圈画,除了一张床便是堆了一地的各种画和画框,房间出人意料地简朴,但欧式的带细格子镂空镶玻璃的门和窗,墙上挂着的在中国美院学习期间的油画临摹作品使房间不易察觉地透出了华美之气。这房子李杏住了三十年。

李杏坐在床沿上同我们谈起了他心爱的画。

水彩画是当今世界仅次于油画的第二大画种，被誉为"画中女皇"，从十八世纪中期郎世宁来华算起，西方水彩画传入中国已有二百七十余年历史。西学东渐，水彩画受博大精深的中国传统文化的滋养，有了中国的民族精神和民族风韵。早期学水粉画的李杏在古元、吴冠中等名家指点下，放弃了颜色覆盖很娇的水粉画，而找到了颜料融进纸中、纸质坚韧、永不褪色的水彩画这一艺术表现形式。这一画种的透明流畅特别适宜表现庐山朦胧、空灵、唯美的山水气质。李杏的画兼容了西画逼真写实和中国画泼墨写意的特色，他的名字与水彩画和画中反复表现的庐山风景不可分离。

庐山的美色并不容易再现。二十世纪三十年代时，南

▶ 晚年以作画来消遣。"四十年来家国，三千里地山河"已成烟云。

京中央大学艺术专修科的教授常带着学生来庐山写生,有一位留学法国的画家追踪而来,在庐山和山下的鄱阳湖描景有一个多月,但却自认成绩太少。画家感叹:湖光山色、天光云影变幻多姿,颜色奇丽,无论何种配色,终难得其形,大自然的诡谲,不是人为之力所能及!

庐山多难画呵,但那魔幻般的魅力,可以让人倾尽一生来描绘。二十多年来,李杏跋涉在崇山峻岭,坚持野外写生,大自然是他最好的老师。没有画室画桌,纸铺在地板上画;扶着画板在手上变幻不同的角度让颜色流淌着画;支起画架坐在小板凳上在野地里画。画水彩画对基本功的要求很高,每次画画之前,李杏先把画纸全部打湿,这时他就像一个指挥打仗的将军对画面进行全盘考虑,临阵不乱方寸。依照干湿的次序和颜色的流动走向,最远的先画,最实的后画,整幅画画完了,纸也干了。充分调动水彩画的艺术魅力,将变化万千的大自然刻画得淋漓尽致、入木三分,看着一幅幅色彩柔亮、洒脱抒情的李杏水彩画,就像听到莫扎特在没有火炉的冬天里写下的那些柔美的曲子。

庐山雪景是李杏笔下一绝。冰天雪地,滴水成冰,创作《庐山雪》这幅画时,气温是零下十五度,李杏在室外一呆就是一整天。清寒入骨,调色盘里的水一会儿便结成了冰,他带上热水袋,用棉大衣包着,一次一次地加热水调色,画笔在调色盘里冻得喳喳作响,水与色在画面上很快便凝成了晶莹剔透的冰花。人是被精神支配着,画画时思想高度集中,感觉不到冷,等画完了,人一下子就不行了,赶紧往回跑。

在某一个珍藏馆的画廊里,画中的雪景美轮美奂地折射着室外灿烂的阳光。

这样的艺术品用价位是难以衡量的。

"如果你们不来,今天我就准备出去写生。"送我们时,李杏穿上红色的外套,戴上厚厚的棉手套,拎着画箱和小板凳同我们一起出门了。

漫天的雪中渐行渐远地融化了一点跳动的暖色。

▼对未知的不可预测的深渊怀着畏惧、揣测、顾盼和神往。

临　渊

　　面对一张白纸坐了很久的时候，忽然间就犹如面临深渊。对一张白纸的凝望就是很多年前对自己身边一座山的眺望。

　　有一首诗吟诵着："横看成岭侧成峰"。我看到大山时，还并不知晓这首诗。我在山脚下长江边的城市生长，大山一动不动地站在远处仿佛整个世界的布景。山的存在就是世界的存在。黛绿色的山峦横亘着阻隔了人们的视线，我开始读书识字时很起劲地晃头读着"横看成岭，横看成岭"。我不知道山上还有什么，山的那边还有什么。

　　以后住进高楼，阳台和窗户正对着大山，高楼增添了我与大山对视的时间。蒙昧青春期的脑中常常空洞而茫然。在晴好的天气，我与大山的交流就是费力地去寻找山上若隐若现的某条小路，然后眼睛顺着那条小

路攀爬一会儿。大山的凸现常常就是在这样有阳光的季节,我晒着太阳,看着金灿灿的光芒像蜜一样在山峦上漫漫地流淌。

城市有一条路是向山的那个方向伸延的。那条路笔直又显得人迹寥落。

我的眼睛随着路的伸延然后看到山,或者先看到山再从路上返回。山与路是记忆中的静物,这使我在翻阅时光时,会有些怀疑,那条路从前是否真的存在过抑或是出自我的某个幻觉。

大山让你不能忽视它的存在。

1977年的夏天,我天天从城市的湖堤上走过。太阳掠过湖面微波折射出鳞片一样的光芒晃动着人的眼睛。这样的情境再次滋生了幻觉。远处的山仿佛长了脚一样,突然就走到了面前。大山把它

的身体放进了湖中，它的身体在湖水的摇荡中轻柔地碎裂，然后又重新聚合。这一年，我家天南地北的亲戚都回到了九江。那时我还是孩子，我快活地同堂姐堂妹在古典的一百年前的旧建筑的台阶前垒着沙土，把灼热的沙粒胡乱地扬到半空中。就在这个明媚的夏天，大人们第一次把我带上了庐山。

1976 年是中国社会的一个分界线。

二十年后，我阅读了作家周彦文撰写庐山的文章《清凉世界 云遮雾罩》："1968 年，当我第一次来到牯岭时，人们鄙夷不屑地指着那些西洋建筑群说，那是殖民主义留给我们的伤疤。可是，1995 年，当我第二次来到庐山时，在历史来说仅仅是短短的一瞬间，伤疤就变成鲜花了。我的感觉没有错，这些像大簇鲜花一栏的西洋建筑确实在我一转身间开放了，欢笑了。历史真的就像庐山的云雾一样扑朔迷离，变幻莫测。"

这段文字与我第一次上庐山的时间并没有关联，但它确实提醒和注解了记忆。

◀大山把它的身体放进了湖中，它的身体在湖水的摇荡中轻柔地碎裂，然后又重新聚合。

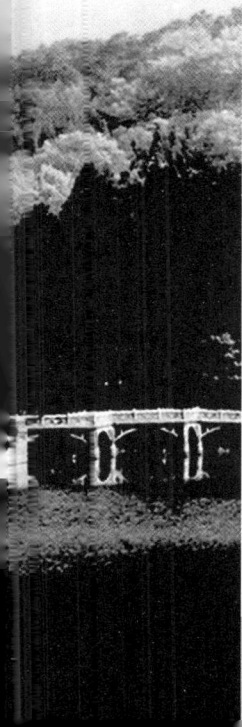

　　1977 年的夏天，我不知道庐山的从前，更不知晓它的将来。在车辆的左环右绕中，因为晕车，我一路地翻江倒海被气息奄奄地拉到了山上。是庐山沁心的绿色安抚了我。下了车，我看到像课桌大小的水泥石墩一个接一个排在路边。我走到石墩边，然后我看见了山谷中的万丈深渊。

　　这是庐山给我的第一记忆。我记忆中没有任何的景点，现在想起来只觉得自己就一直待在那个石墩边，等人们草草游览了一遍庐山，在傍晚时，我被带上回程的车再次成了抛到岸上的鱼。

　　我永远描述不清，自己对未知的不可预测的深渊怀着怎样的畏惧、揣测、顾盼和神往。这使我在若干年后，才可能一次次辗转寻找在大山的腹地。

▼庐山雾气是心里浓得化不开的那部分。

而现在距离 1976 年以前的年代，确实已经越来越远了。

消逝的年代里，部分片断场景、一副笑脸一声长叹、一些人物和情感都扔在了永远不可能再回来的地方。等到若干若干年以后，在我们所面对的现实已经消亡之后，它们才会重新被发现，成为值得拣拾的柴薪。

回到《清凉世界 云遮雾罩》一文的最后："对历史人物很难盖棺定论，因为历史将绵延无期，而与此相比每个人的生命是极其有限的。以有限的生命怎么可能盖棺定论那些永远活在历史上的人物呢？苏东坡的'不识庐山真面目，只缘身在此山中'，说的是一种空间关系，其实从时间关系上看也是这样的。"

在与时间漫长的较量中，大山沉重无言，让人不能知晓和穷尽它的全部。大山的真实其实从来就不曾有过改变。

每一次离开庐山时，对大山唯一能做的依然是退而眺望。你必须离开它，然后作着最虔诚的仰望。

▲ 天街隐蔽了无数的
旧事。青山与绿树构
成不变的时光。

云街天市

1

在牯岭正街一个小巧的餐厅吃饭时，我记得拐上了一个又窄又陡的台阶,坐在窗子边上,正好看到街对面姹紫嫣红的街心花园。

这是重逢的开始离别的开始，这是重逢的结束离别的结束。每一次与庐山的重逢与离别,这里是起点也是终点。

行走在牯岭的街道,是深入庐山的方式。踏上石台阶,脚底发出清脆的响声,这声音是爱人钟情的陪伴。它精确地感知心底细微的喜悦与悲伤,传递着脚下最不易察觉的迟疑与徘徊。

脚步有了声响总在提醒人不要忘记来路与归途。这声音吸引人恍若归家一般往前走,穿行在红红绿绿

的花圃、剔透玲珑的店铺和一拨又一拨游人熟悉和陌生的表情中。

街道是城市的拷贝。一座山城的历史在叩问中慢慢展开，一切迷离的往事在追问中一一得到确认。

2

邮电局石头屋基和青砖墙的两层楼似乎还是老早的。往下走过石台阶约五十米的斜坡，这是从前的洋街。长在牯岭街明眸皓齿的小女子，从前对洋街上的商铺和摊贩有多么羡慕，像是踮起脚尖才能在缝隙里看到的一丝霞光，遥远的绚丽也能让人炫目。洋街上有印度人叫卖的印度绸，中国商人从烟台贩来的蕾丝花边和古董。七八十岁的老婆婆，如今坐在山下一间小屋子里，大热天她的一台微型台扇也舍不得打开。从小她长在庐山，庐山从不需要电扇。在干净得可以舔起盐来的牯岭街上玩耍，小女孩一边玩一边唱着顺口溜："新生活有板眼，痲痢赤脚不上街。"

老人肯定见过了印度绸和蕾丝花边。她的眼睛被一些亮闪闪的东西点染过。那些闪亮重新回到人的眼里，让她一下子变得甜蜜而怅惘。

3

"远远地街灯明了，好像闪着无数的星星。天上的明星现了，好像点着无数的街灯。"二十多年前，我是一个女孩，会背这首著名的诗，然后跟着父亲上了庐山。人生游历中最早的奇迹就是牯岭街的一个夜晚。华灯初上的牯岭街，星光灯光一起从密密的树枝间疏落下来，让人兴奋恍惚。依着街心花园铁栏杆，眺望悬崖下剪刀峡墨黑墨黑的天幕，是一大片撒落的星光在闪烁。

父亲说,那是我们居住的城市。

我惊奇地张开了嘴,吸进一大口庐山浓酽的雾气。

晚上回去的时候,还遇到挑担卖西瓜的。没有冰箱的年代,那西瓜吃起来十分冰凉。睡梦中,一夜周身都飘满了星星和灯火。星光是智者眼里不可企及的玄机和奥妙,许多年的星光一闪一烁像冰凌扎进记忆的黑棉袄。庐山雾气是长大后心里浓得化不开的那部分,牯岭街是我心中最接近理想和家园的童话。

▼街道是城市的拷贝。一座山城的历史在叩问中慢慢展开,一切迷离的往事在追问中一一得到确认。

4

　　"在许多重重叠叠的高山环绕中，那翠绿色树林的山上，隐约地现出了一座一座的洋房，那就是庐山繁荣区的牯岭了。"

　　"牯岭失却了山野的朴实，已经是国际化的都市。那繁荣的正街，都带有西洋的风味，有各国人开设的商店。但各店的招牌，是中西合璧的。街上有各色各样的中外人士和摩登的女人。正街以外，还有西街、下街、后街、新路等街道。牯岭气候非常温和，南昌温度在华氏一百度以上，牯岭温度在华氏七十度左右，不过天气变幻无穷，每天从山尖上，吹来凉爽的风，会使人们穿上夹衣。有时远远的浮来一阵浓厚的云雾，像白烟一样，会弥漫了整个的牯岭，使你看不见牯岭的

▶对新生活运动，宋美龄倾注了巨大的热情。这是三姐妹身体力行，在街头举办的一场时装秀。围观者惊奇万分。

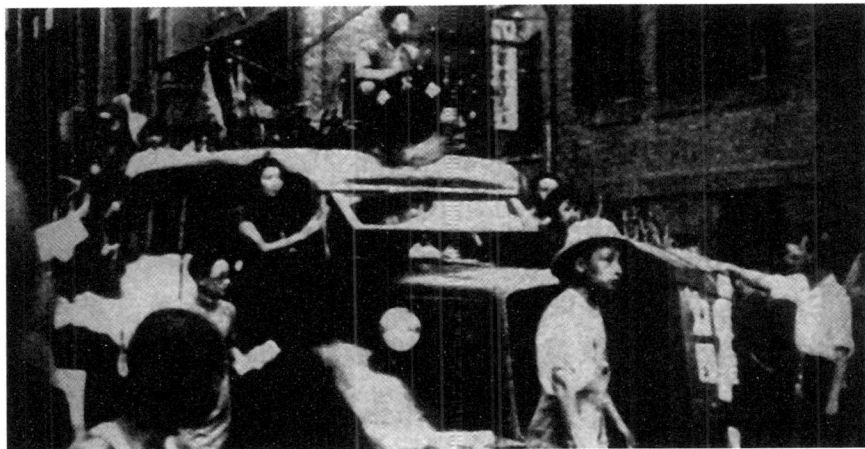

▲差不多等到一些东西永远消失不可重复的时候，才能显出珍贵。

面目。但不要惊奇，云雾一会儿就会消散的，繁荣的牯岭，又会展现在你的眼前。牯岭的早晨，美丽的太阳从东方爬到了山巅，牯岭就会沐浴在阳光中，它照着山上绿荫的树林和立体形的洋房——红色的、灰色的、黑色的——使人感到牯岭的可爱。在夕阳西下的傍晚，在牯岭避暑的幸福人们，都活跃了起来。在河西路、河东路、中路一带，就有一群一群的男女们，沿着平坦的马路，慢步着闲谈，显出他们生活很美满的样子。"

1937年7月5日这天，发了黄破了角的《民国日报》在记者严品藻笔下展开了牯岭的一段场景。

在多少年以前，牯岭就已经有了光怪陆离的梦想。

5

　　街心花园在新世纪拓宽了新建了，把一些花草栽到屋顶上。花园多了些凌空的浪漫和传奇。穿行在街心花园，有一天遇到一位坐在石墩上的金头发老者。他长时间坐在那里，朝着山谷下高高低低彩色屋顶的地方久久眺望。走过他身边，居然听见他用九江土话与当地人打招呼。

　　只知道故事的缘由是这样的，他眺望的地方正是他出生的地方。老人在庐山度过了童年，然后随父母回到自己的国度。等老了，好时光流逝了，他终于寻回童年开始的地方。

　　天街隐蔽了无数的旧事。青山与绿树构成不变的时光。

6

　　人的一生总会在一个适当的时候歇下脚来，望一望从前。从前多美呵，每一位庐山老人说起从前总有些一往情深。从前的庐

▼街心花园在新世纪拓宽了新建了，把一些花草栽到屋顶上。花园多了些凌空的浪漫和传奇。

山四处能听见钢琴声,从前在店里卖东西童叟无欺,从前庐山的别墅都有很风雅的名字。

不一定从前真有多么美。美的是那些人生中永不回来的好年岁。

差不多等到一些东西永远消失不可重复的时候,才能显出珍贵;在历史的长链中,才成了其中难解的一道链接。

庐山老人喜欢在街心花园休闲。路过街心花园,我常常能遇见在我的故事里出现的面容。他们长时间坐在那里,没有更多的表情,时间在某一刻失去了意义。

▲1937年2月2日美国《文学文摘》杂志以"年轻的中国推行新生活运动"为封面故事。

花正红,树常绿。雾在轻盈而稠重地飘移。也许什么都还是一样,除了他们的容颜,从童稚变为沧桑。

▼雾霭湮没了视线。我唯一看见的只是一条逶迤而下高高的石阶。灵魂的出口最靠近生存的真实和荒芜。这条狭长的石阶，对于你的独自到来，已经足够了。

叩问红瓦石墙

数不清上过多少次庐山了，和幽谷、飞瀑、明月和松林多次谋面。大自然在人类的千回百转中亘古不变，而唯一改变的是人在风景中的消散与聚合。

一切都隐在忽浓忽淡的雾中，只看得见一米之内的树木和石阶。身旁是云雾涌动、洁净又空洞的路，那是我愿望的一只手臂，伸展开。一辆轿车疾驰而过，荡开的雾不由分说地扑到脸上。这张脸在以后很多的时日都有了湿漉漉的水痕。

散落在浮苍滴翠的绿树丛中，庐山姿态万千的别墅迎来送去了各式人物和车辆。仿佛雾的去无踪影，已找不到、抓不住任何的旧事。唯有红瓦石墙坚韧醒目地守在飘摇的阳光和风雨中。

在庐山，随着山势的起伏，三三两两散落在丛林中的庐山别墅既简单又丰富，似乎藏了无限的机关，你稍

稍触及了一个关节，便洞开了整个世界。在这个唯一能对大自然作藐视的灵魂居所，时刻可能发生奇遇和故事。庐山因此有了生命，庐山深情地拥人入画，庐山使你不能停歇对她的眷恋。

1885年，英国传教士李德立开始上庐山，从此这片东方文化极其深厚的山林胜地先后建成了一千余幢西式别墅。这些别墅既有哥德式的教堂，巴洛克式、洛科科式的遗风，也有折衷主义的产物。北欧的陡坡屋顶和南欧的缓坡屋顶上，烟囱和老虎窗的装饰效果使一幢幢别墅充满了动感和力量，自由浪漫富于变化。

庐山别墅的万国建筑博览，是我手中匆匆翻阅的篇章。不经意中目光忽然停在一个经典句式和细节上，就像在香山路，建在十九世纪末的天主教堂里，联合国专家对瑰丽的窗玻璃迸发出一声惊叹：这块玻璃与巴黎圣母院的玻璃一模一样！

庐山中三路283号，是一座傍着溪流搭着小桥、用乱石堆砌的极富节奏的精美建筑。这是建了近百年的原美国耶稣升天教堂，它的平面格局正是一个十字形，窗子是石构的玫瑰花瓣形。这是庐山现存的唯一具有哥特风韵的基督教堂。二十世纪九十年代，一位澳大利亚的英国人康德和他的妻子两人共骑一部双人自行车作环球旅行。他们上了庐山，在中三路游览立即被这座建筑牢牢吸引。他们久久凝视着这个教堂，康德说："这个教堂是旧时代的代表，看到这个教堂有一种感觉，庐山要告诉我们什么了！"

庐山使许多冥想都能够找到居所。

庐山别墅几乎都是石砌体，而且大都是未经打磨甚至不规则的粗石块。这些天然的石料与周围山势的韵律融合共存。石头是大山的血肉，庐山用剥离的阵痛造就了如诗般奇丽别致的房屋。手拍在墙上，没有穿击的回声，只有冰冷的触痛，

▼看到这个教堂有一种感觉，
庐山要告诉我们什么了！

这种痛感从手掌直抵心田。谁会应答你？也许生命从来就不是为了某个回答而存在。厚重朴素、质感强烈、色调沉着的石墙就在身旁，你可以倒伏在它的胸腔上。

隐遁在万绿丛中，波浪起伏线条密集的铁皮瓦，与粗糙的墙体形成反差极大却又和谐的对比。庐山别墅的屋顶大多漆成红色，在绿海中醒目亮丽轮廓清晰；漆成绿色，则与大山悄悄耳语汇为一体；漆成蓝色，既宁静又跳跃。彩色的屋顶使庐山永远像春天那样五彩缤纷。

沿着长冲河的溪流而下，徜徉在脂红路的林荫小径中，移动的双脚时常被那些斑斓的屋顶所牵引。这条路上，"美庐"、司徒雷登住过的175号、马歇尔住过的176

号等著名的别墅一幢接一幢散落在河流的东岸。记不清在某一个时候入住某一幢房子，后来忽然弄明白了房子显赫的旧主人，心里悚地如凉风掠过，脚步变得恍若踩在鲜花或刀尖上一般。

庐山别墅时刻等待着它的新主人。也许门扉早已洞开了，有一片叶子随风飘进。

浓雾飘过来。

雾霭湮没了视线。我咋一看见的只是一条逶迤而下高高的石阶。灵魂的出口最靠近生存的真实和荒芜。这条狭长的石阶，对于你的独自到来，已经足够了。

庐山，我是你生命中最短促的过客。

▲随着山势的起伏，三三两两散落在丛林中的庐山别墅既简单又丰富，似乎藏了无限的机关，你稍稍触及了一个关节，便洞开了整个世界。在这个唯一能对大自然作藐视的灵魂居所，时刻可能发生奇遇和故事。

夏都剪影

后 记

当我为这本书画上最后一个句号时，不禁长舒了一口气。从最早写庐山的相关篇章到最后结集成书，前后断断续续有两三年的时间。

这段时间经历了从一个世纪到另一个世纪的跨越。世纪之交，人们对时光的含义和流逝已去的岁月有了格外的敏感与关注。百年政论《世纪末的追问》中说，人们对当下时间的瞬间即逝有了怎么也抓不住的感觉。人们的当下时间是可口可乐似的每一分钟都在走气两小时就会失效的时间，是一种人造的、虚构的、无根的感觉，太轻、太短暂、太多泡沫。要喝就得迅快喝掉，趁它还在冒着气泡。

但人们对即将过去的一百年也有了依依不舍的回首与感慨。人们渴望过去年代的时间品质像纯正的葡萄酒一样醇厚而悠长。尽管它曾经充满了血腥、争斗和苦难。

中国历史进入二十世纪，从二十年代到四十年代的二十余年间，国共的分合与和战，不仅带来了中国的剧变，也改变了亚洲的形势。影响这一剧变的关键人物毫无

疑问，毛泽东、蒋介石是重要人选。这两个人物与我身边日夜仰望的庐山都有着深刻的关联。

我是一个并不善于把历史弄得很明白的人，对庐山的挚爱使我努力站在历史的边缘去发现它的空白和奇迹。

在读完中国青年出版社 2001 年出版的"世纪风云"书系——《民国兴衰》一书，掩卷而思，心中挥之不去的是作者的一段话：

"从最初对蒋介石先入为主的零碎印象，到相对深入研究后逐渐形成的模糊然而基本成形的人物轮廓，我始终觉得对蒋介石很难作出简单的概括。我常常想起他败走台湾前夕说的一句话：'我们这一代遭逢了中国五千年历史空前未有的变局。'确实，蒋介石身上有着太多的历史沉淀，也堆积了太多的时间的灰尘，从某种程度说，在古老中国走向现代化的进程中，他注定要成为一个过渡者。他步履蹒跚地行走在近代中国的茫茫旷野中，肩上背负着沉重的包袱：外敌入侵、列强凌掠、经济窳败、内部纷争、社会失范、思想断层、几百年中国的积贫积弱，乃至几千年中国的古老传统。

所有这些，当然不仅仅为蒋介石的时代所独有，但是只有二十世纪的中国人才能如此清醒地面对自己与世界，因此也只有二十世纪的中国才会如此严峻地不得不面对所有这些挑战。在巨大的挑战面前，蒋介石的努力既似堂吉诃德的风车，更像西西弗斯的巨石，似乎注定要被笼罩在失败的阴影中，成功对他而言，犹如西天那一抹稍纵即逝的晚霞。"

讲述蒋介石最终都是一个关于失败者的失败故事。

但庐山是永远美丽的。

我希望自己讲述的那个年代，能显现庐山美丽背后沉甸甸的特质，让庐山美得更有内涵和力量。那个曾经讳莫如深的晦涩年代，我希望落在笔下能轻松一些明亮一些。

感谢对庐山近代史作过深入研究的学者和作家，他们的文字铺平了我的行文进程。感谢那些与庐山血肉相依的善良人们，他们的讲述帮助我回到了从前，这是一个艰难的挖掘过程，很多时候往往都一无所获。感激我的许多老师、朋友给我的关心和帮助。感谢爱我的亲人们仔细阅读我的手稿并给予我的鼓励。没有他们，这本书的写作是不可想象的。

可口可乐在一刻不停地克隆问世。

许多人都在匆匆赶路而并不屑于回头，许多人都在走马观花而从不曾潜入内心。但祝福却是不可缺少的，那就是迎面而来的日子，苦难已久的中国从此再没有血腥和纷争。

而对庐山，纷至沓来的人们在游遍青山后，是否都读懂了她美丽背后的容颜？

2003 年 4 月 8 日

又记：

这本书写成后，整个文稿在我的抽屉里放了大半年，这期间我转换到另一个城市工作，而书中的女主人宋美龄女士也在那个秋天枯叶飘零。庐山成了我最深的乡愁。中国《当代散文精品》2003 年卷已收录了这部书稿的部分章节，并对整本书作了推介。把历史变成文字是一回事，把文字变成书本又是另一回事。这个甘苦自知的过程让我更深切地感到，曾经珍贵和美丽的东西终究要逝去，文字不过是在作着徒劳的挽留。

庐山活在我的心里。

午夜梦回，我又走在庐山浓郁的林荫里和透明的阳光下。

2004 年 2 月 6 日

《夏都绘影》第一次出版至今已多次修订重印，并获第三届冰心散文奖。在又一次再版重印之际，深深感谢读者和评委老师的厚爱！没有文学，没有你们，我的人生不会更完善。

2014 年 6 月 30 日

附　录

让庐山美得更有力量(访谈)

姚雪雪:《夏都绘影》作者
陈文秀:《南昌晚报》记者

　　一部撩开庐山近代神秘面纱的散文作品，一次怀旧而又全新的发现之旅，凭借独特新颖的视角和清澈明净的文字，作家姚雪雪以《夏都绘影》一书摘取了在西安正式揭晓的中国散文学会第三届"冰心散文奖"。

　　姚雪雪的作品曾多次入选《中国当代散文排行榜》《当代散文精品》《年度散文精选》等权威选本，受到国内散文界的广泛关注。从《月亮月亮跟我走》《庐山的一件往事》到《时间的刻度》《在医院》，以及刚刚获"冰心散文奖"的散文集《夏都绘影》，她在平静的述说和独特的细节中，将深入的、有力量的东西沉潜在文字的肌理中，看了让人难忘。

　　从西安领奖回来，姚雪雪在第一时间便接受了《南昌晚报》记者的专访。

记者:

首先,祝贺您以《夏都绘影》一书摘取"冰心散文奖",能不能告诉我们这是一部怎样的作品?它又是如何出炉的?

姚雪雪:

《夏都绘影》是围绕一个大主题的散文写作,是对往事的一次询问、感慨和自省。

从有创作构想到完成这本书的写作其间陆陆续续有几年时间。那段日子我无数次上庐山,因为晕车每次人都翻江倒海。寻访的过程很艰难,好不容易找到当年的老者,但有的已经九十多岁了,询问了半天,可他已经什么也听不明白听不清楚了。我感觉自己是在做抢救性的工作,似乎肩负了使命。当时觉得工作量很大,采访完了还只是完成了工作的一半,写是另一半,但我坚持下来了。

我是一个并不善于把历史弄得很明白的人,对庐山的挚爱使我努力站在历史的边缘去发现她的空白和奇迹。

记者:

在此之前,《夏都绘影》就以其独特新颖的视角和富有历史穿透感的文字在网络上迅速串红。著名作家周彦文曾这样评价:"就每一篇来说,都是很好的写景抒情、怀古凭吊散文,文字清澈明净,质感很好,语速平稳,沉着,又不乏激情;而整体上又像是大型交响乐,往复回环,整个将庐山人文地志写活了。"您对自己的作品怎么看?

姚雪雪:

冰心老人有一句著名的话:有了爱就有了一切。《夏都绘影》所以能获奖我觉得是因为自己为庐山付出了所有的爱和真心。能得到许多评委老师和读者的厚爱是我的幸运。他们给过这本书很多的评价,集中起来的关键词有:灵性、智慧、新鲜、别致、从容、斑斓、清澈、美艳、光影、气息。有些用词似乎是矛盾的,但我更看重作品的多重可能性。

在这本书获奖之前,《文艺报》《创作评谭》《青年作家》《南昌晚报》

《江南都市报》《当代散文精品》等国内数十家媒体对该书给予关注并刊发评论。《夏都绘影》一书中所有篇章均已在国内主要报刊刊载、转载和连载,并入选众多选本。

所有有关庐山的写作在参评之前已引起一些关注。

记者:

在网络上,您的一篇《庐山的一件往事》被誉为 2005 年最具价值散文,还入选了当年的中国散文排行榜。这篇作品以庐山作为舞台背景,写了一家老照相馆的故事。对于您来说,庐山是不是有着太多的涵义?

姚雪雪:

《庐山的一件往事》是书中的一个篇章,原篇名为《时光的面容》,最早由《美文》杂志发作头条,然后入选《2005 年中国散文排行榜》。

《夏都绘影》写在世纪之交,那段时间里,人们对时光的含义和流逝已去的岁月有了莫名的激动、不安。人们对当下时间的瞬间即逝有了怎么也抓不住的感觉。

我希望自己讲述的那个年代,能显现庐山美丽背后沉甸甸的特质,让庐山美得更有内涵和力量。那些曾经讳莫如深的晦涩年代,我希望落在笔下能轻松一些明亮一些。

记者:

您的写作历程也丰富多彩。我们知道,您是先写诗后散文,从诗集《临近花期》到散文集《雪花飞舞》和《夏都绘影》,每一部作品都风格迥异。从诗人到散文作家的转身,从个人思想感悟的写作到历史题材的驾驭,是什么让您的文学轨迹作出如此转变?

姚雪雪:

其实我并没有根本性的转变,只是在往前伸延和延展。写诗的经历使自己的散文作品可以始终保持着诗性的内核。曾经做过报社记者的经历,使我在写稿时常常把写稿分作内宇宙和外宇宙两个方向。一个是走向自己的内心,一个是向外部世界的拓展。走向内心是自己最动容的部分。动眼不动心的写作是可怕的。

那些生命本质中痛彻的尖锐的仁微的东西在文字肌理里的呈现才是最有力量的。我的写作所追求的是不可忽视的感官性、在场感、生活场、物质流和触手可及的时代气息，它们与我们的灵与肉紧密地连在一起，构成文字的独特现场。

记者：

很多人喜欢听金牌背后的故事，而对于散文作品来说，"冰心散文奖"无异于该项目的"金牌"。作为获奖的作家，您的心路历程能不能与大家分享？

姚雪雪：

我成长的家庭环境对我的影响是很大的。我父亲是搞文学创作的并且主持过一个地方作家协会的工作。他并没有真正教过我怎么写作，他那一代人的写作与我们有很大区别，但是整个环境的熏陶是存在的。我小时候家里就有作家、作者来来往往，我读他们的作品，对他们的写作也很了解。

我写作的最大原动力，来自被伤害，我从小生活在离异家庭，人生有很多的缺失。我以为文字可以使人生更完善。一支笔的水管是内心郁积的一个人的出口，在任何的走矢之后我还期待这个静谧出口的最后温情。我珍惜和尊重一切真挚与善良。人生走到今天会变得豁达，我想说的是，在文学不被多数人追捧和注目的时候，我将永远保持着对文学的热爱和感恩之心。

记者：

您先后在九江、南昌从事过记者、编辑等岗位工作，现在又是百花洲文艺出版社副总编辑兼《百花洲》杂志主编。繁忙的工作之余作品仍自如地生长，佳作不断，让您笔耕不辍的原因是什么？

姚雪雪：

我是一个不擅于走平衡木的人，常常顾此失彼。我一段时间只能专

心做好一件事情。为了工作我会减少写作，其实我是一个不够勤奋的人，作品产量很低。有时把工作忙挂在嘴上只是自己懒惰的托词吧。

我怀念以前在九江从事记者、副刊编辑工作的那段日子，那是我人生中最美的年华。《夏都绘影》就写在那段时间，那也是我的写作和工作结合得最完美的一次。

记者：

我们知道，"冰心散文奖"已经举办了三届，此次您以散文集获奖，这在江西还是第一次。

姚雪雪：

江西散文创作在新世纪以来风生水起，以集团军的方式向文坛挺进，在全国散文界引人注目。《散文选刊》《美文》《青年作家》《青春》等刊物都登载过江西散文作家作品专辑。理论界认为可以把散文作为江西的文学标签来研究。

作为我个人来说，只有拿出更多的好作品，才对得起关心我的人。

链接：

"冰心散文奖"由中国散文学会主办，是遵照已故著名作家冰心生前遗愿设立的全国性散文奖项。旨在彰显我国散文创作的成就，不断评选出题材广泛、思想敏锐、着力表现现实生活、创作形式风格多样的优秀散文。第三届"冰心散文奖"评奖跨越了2004至2006年三个年度，凡此期间在国内公开发表、出版的优秀散文集、散文单篇及散文论著均在评奖之列。

在前三届评选中，有贾平凹、铁凝、肖复兴、赵丽宏、王充闾、王剑冰、迟子建、张胜友等数十位散文名家和散文新秀获奖。

原载《南昌晚报》2009年9月27日

《夏都绘影》评集

《夏都绘影》展现了姚雪雪能以散文方式从容驾驭历史题材的不凡功底,并且在汪洋恣肆的叙事中保持不二的艺术韵致,犹如以美艳的油彩挥洒的斑斓光影,在女作家的散文创作中格外突出而抢眼。

——程维(作家)

姚雪雪所做的,就是将曾经发生过的那些,通过具体场景细腻而感性地呈现给我们。虽然,这里面有观察、有品味、有思考,但更多的是向我们展示了一位有才华的女性作家敏感、丰富而又尖锐异常的直觉。

姚雪雪对自然物象的体悟非同一般。我们从书中读到许多文字,你无法辨析那是在写景、写物或是写事,也无法知道那是作者对现场的描摹、对陈迹的慨叹还是对灵魂的追踪。历史和人情在她的笔下被完全地景物化了,而景物不仅成为历史的载体,它们甚至成为历史的一部分呈露在我们眼前。这样的文字,在姚雪雪的书中如珠玑滚动,随处可见,俯拾皆是。

——褚兢(作家、评论家)

我比较喜欢姚雪雪的散文言语具有的一种"质",是潜在她个人言语里的那种气质,是由她个人感想、情绪和想象力相遇碰撞后的互动,互相抵达喷出的潜在内质。

——峻毅(评论家)

《夏都绘影》是一部关于庐山人文地志的散文,但作者思索的目光,绝对超越了地理意义上的庐山,直达历史追问的深度,书中特别感动我的部分是雪雪对往事追述时的那样一种贴近感,她不是单纯的再现往事,而是把自己的身心完全融入庐山的往事当中。书中充满了对历史沧桑的反思和追问。

——王雅清(大学教授)

关于庐山的这本散文,本打算只看两三篇,但还是不知不觉被它所吸引一字不缺全部读完了,这是作品本身的魅力所致。就每一篇来说,都是很好的写景抒情、怀古凭吊散文,文字清澈明净、质感很好,语速平稳、沉着,又不乏激情,而整体上又像是大型交响乐,往复回环,整个将庐山人文地志写活了。读罢这本文稿,我仿佛又深入到庐山的丛林和溪水之间,深入到庐山幽深的历史隧道中神游,其收获远远超过从前两上庐山,而且有不甚唏嘘的沧桑之感。

——周彦文(作家)

《夏都绘影》以独特新颖的视角,描绘了庐山百年来的人文景观,庐山成为舞台的布景,作者精彩地让历史实现了一次倒流。

——广州出版社《当代散文精品》

主要参考书目

[1]吴宗慈主修:《庐山续志稿》,1947年8月江西省文献委员会编,庐山地方志办公室印。

[2] 黄道炫著:《民国兴衰》,中国青年出版社2001年1月第1版。

[3] 罗时叙著:《庐山别墅大观》,江西美术出版社1995年3月1月第1版。

[4] 彭开福、欧阳怀龙等著:《庐山风景建筑艺术》,江西美术出版社1996年6月第1版。

[5] 胡适、林非等著:《文化名人庐山畅想》,百花洲文艺出版社2001年5月第1版。

[6] 冰魂编著:《庐山纪事》,金城出版社1998年4月第1版。

[7] 王丰著:《美丽与哀愁》,团结出版社1998年1月第1版。

[8] 方方著:《到庐山看老别墅》,湖北美术出版社2001年10月第1版。

[9] 程维著:《豫章遗韵》,江西人民出版社2001年1月第1版。

[10] 熊炜、徐顺民、张国宏著:《庐山》,中国建筑工业出版社1998年10月第1版。

[11] 李国强、王自立著:《历代名人与庐山》,江西人民出版社2004年8月第4版。

[12] 金宏达、于春编:《陈香梅文集》,安徽文艺出版社1995年8月第1版。

本书摄影作者:姚雪雪、吴臣斌、罗克恒、杨飞等。个别照片由于查寻不到作者,在此向相关作者表示歉意和感谢。

本书在采集材料过程中得到庐山"美庐"别墅总经理吴崇斌先生的大力支持,此外本书在采访过程中还得到殷荫元、罗时叙、王巧生、王延春、邵文、吴丽云、姚美媛、王炳如、胡克龙、戴健、胡宗刚、朱如华、许迎新等老师和朋友的帮助和支持。在此一并表示深深的感谢!

图书在版编目(CIP)数据

夏都绘影 / 姚雪雪著. —— 南昌　百花洲文艺出版社, 2017.9 (2018.9 重印)
ISBN 978-7-5500-2426-7

Ⅰ.①夏… Ⅱ.①姚… Ⅲ.①散文集–中国–当代
Ⅳ.①I267

中国版本图书馆 CIP 数据核字(2017)第 211123 号

夏都绘影

姚雪雪　著

责任编辑	刘　云
特约编辑	王醴颉
美术编辑	同　异　方　方
出版发行	百花洲文艺出版社
社　　址	南昌市红谷滩世贸路 898 号博能中心 I 期 A 座 20 楼
邮　　编	330038
经　　销	全国新华书店
印　　刷	江西华奥印务有限责任公司
开　　本	787mm × 1092mm 1/16　印张 14.5
版　　次	2017 年 9 月第 1 版
	2018 年 9 月第 2 次印刷
字　　数	150 千字
书　　号	ISBN 978-7-5500-2426-7
定　　价	36.00 元

赣版权登字 05-2017-366

邮购联系　　0791-86895108
网　　址　　http://www.bhzwy.com
图书若有印装错误,影响阅读,可向承印厂联系调换。